노
골
적
인

낭만 여행

노골적인

낭만 여행

오래전 음악과 함께한
여행의 흔적들

김산환
지음

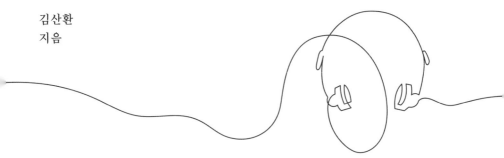

꿈의지도

목 차

프 롤
로 그

가로등이 틱틱
신경질 나게 타는 골목을 걷는다.
오늘은 종로통에서 한 잔 걸쳤다.
집으로 돌아가는 길
가끔 다리가 풀려 몸이 출렁거리기도 하지만
머릿속은 명징하다.
아주 뚜렷한 사람 하나 환하게 웃으며 동행이 된다.

내 안의 내가 묻는다.

어디까지 왔니?
잘 온 거니?
갈 길도 나쁘지 않지?

나는 고개를 끄덕여 대답한다.

그럼, 잘 살고 있어.
앞으로도 잘 살아갈 거고.

외로울 때도
힘겨울 때도
아플 때도 많았지만
그게 인생이야.
난 그저 내가 가려 했던 길을 걸어 왔을 뿐이야.
앞으로도 그럴 거야.

우리에게 시간은 손님처럼 왔다 가고
당신과의 인연이 유성처럼 짧았다 해도
그 기억은 영원한 거야.

설령, 당신과 내가 이 세상에 존재하지 않는다고 해도
지나간 시간 어딘가에
은하계 밖 수십억 광년이나 떨어진 우주 어딘가
시간도 정지된다는 어느 별에
당신과 나눈 기억은 고스란히 남아 있을 거야.
지금은 시간 저편에 남겨질 행복한 추억을 위해
축제를 벌일 시간이야.
서로의 등을 토닥이며 위로를 나눌 시간이야.

노래 들려줄까?
내 노래 듣고 싶지 않니?

California Dreaming
by The Mamas & The Papas

Hotel California
by Eagles

캘리포니아

CALIFORNIA

지상에서 천국으로 가는 바다

태평양,
끝없는 바다를 향한 염원

파도가 밀려온다.

지구의 절반쯤 되는 큰 바다, 태평양.

끝없는 수평선 어딘가에서 몰려오는 파도, 파도들.

파도가 때리는 것은 101번 하이웨이가 지나는

캘리포니아의 해안만이 아니다.

그 바다를 건너온 사람의 가슴도 다 부서놓고 만다.

10년 전 샌프란시스코를 출발해

아스토리아Astoria까지 이 길을 타고 갈 때도 그랬다.

미국 서부를 떠돌았던 석 달간의 여정은 몸과 정신을 황폐하게 만들었다.

그렇게 해진 몸으로 찾은 바다.

그 바다를 보며 한없는 위로를 받았다.

캘리포니아
드림

캘리포니아로 가는 것. 그건 오랜 꿈이었다. 백인들이 신세계를 찾아 아메리카로 향할 때부터, 황금을 찾아 역마차를 타고 흙먼지 자욱한 황야를 달릴 때부터 그들의 꿈은 캘리포니아에 닿아 있었다. 한 세기 전 홍콩을 출발한 이국선이 석 달 열흘 걸린 먼먼 항해 끝에 닿은 곳도 캘리포니아다. 1차 세계대전 후 찾아온 대공황에 삶이 나락으로 떨어진 아메리칸들이 젖과 꿀이 흐르는 땅을 찾아나선 곳도, 베트남 전쟁에 절망한 뉴욕의 청춘들이 춥고 우울한 도시에서 그리던 곳도 캘리포니아다. 조국을 배신한 히피들이라고 비난받지 않아도 되는 곳, 오! 캘리포니아. 그들은 산타 바버라Santa Babara의 해변을 거닐면서 영혼이 자유로워지기를 바랐다. 태평양 건너 홍콩에서도, 도쿄에서도 청춘들은 캘리포니아를 그리워했다. 그들에게 현실은 지루했고, 인생은 더이상 반전을 꿈꿀 수 없는 꽉 짜여진 각본 같은 것이었다. 그 각본을 찢고 나올 수 있는 길, 캘리포니아로 가는 것뿐이었다.

*중경상림

저마다 사랑을 하지만 이별은 피할 수 없는 운명 같은 것. 몽환적 분위기 속의 청춘들은 허무에 빠져 있거나 삶이 공중에 붕 떠 있다. 딱히 무엇이라 규정할 수 없이 가벼운 존재들, 편의점에서 유통기한이 지난 햄버거를 아무 거리낌 없이 먹듯이 느낌 없는 사랑을 하는 연인들. 그들에게 오월의 꽃처럼 화려한 홍콩의 밤은 더 이상 위안이 못 된다. 그들은 자신을 부르는 소리를 듣는다. 그곳은 아주 멀다. 지구의 절반이나 되는 바다, 태평양 건너에 있다. 현실에 절망한 이들의 마음을 흔들어놓은 그곳 캘리포니아. 청춘들은 언젠가 캘리포니아에 갈 꿈을 꾼다. 그 꿈은 이룰 수 없는 것이라서, 불가능한 것이라서 더 아련하다. 영화는 탈출구 없는 불안한 영혼들을 대변하듯 반복해서 「California Dreaming」을 틀어준다.

*중경상림 1994년 제작된 홍콩 영화. 왕가위 감독을 세계적으로 주목받게 만든 작품으로 임청하와 금성무 등이 주연했다. 스토리는 2개로 구성되는데, 남자 주인공은 모두 실연한 경찰. 그러나 실연의 아픔을 달래는 방식은 각기 다르다. 중국 반환을 앞둔 홍콩의 불안한 미래가 영화 전편에 흐른다. 94년 스톡홀름 영화제 여우주연상, 95년 홍콩 금상장 4개 부문 수상.

VOLLEYBALL
&
HORSESHOES

OBTAIN
AT
FRONT DESK

BEACH
ACCESS
→

PET EXERCISE
AREA
←

PLAYGROUND
AREA
←

PLEASE
KEEP PETS
ON A LEASH
AT ALL TIMES
ORS509.010

나뭇잎은 모두 다 시들고

하늘도 잿빛으로 흐린데

한참이나 거리를 걸었지 어느 겨울날에

그녀에게 말하지 않았더라면

오늘 떠날 수 있을 텐데

이렇게 추운 겨울날에 캘리포니아를 그리네

이렇게 추운 겨울날에

「California Dreaming」 중에서

101번
하이웨이

태평양을 따라 나 있는 도로. 남쪽은 멕시코, 북쪽은 캐나다 국경까지 이어진 1,500km 거리의 하이웨이. 알래스카 하이웨이와 더불어 미국인들이 죽기 전에 꼭 한 번은 달려보고 싶어 하는 드라이브 길. 백 한 번 감탄해도 놀라지 말라는 길. 쉬지 않고 달리면 사흘, 이곳저곳 기웃거리면 일주일, 넉넉하게 여행하려면 보름으로도 벅찬 길. 한겨울에도 훈풍이 부는 낭만의 바닷길. 온종일 끝도 없는 바다에서 몰려오는 파도를 보며 운전하는 길. 드라이브에 지치면 LA의 디즈니랜드나 유니버설스튜디오, 샌프란시스코 차이나타운에서 재충전할 수 있는 길. 프랑스 와인의 코를 납작하게 만든 미국 최고의 와인산지 나파밸리와 프랑스 부르고뉴보다 더 부르고뉴다운 오리건의 피노누아 와이너리에서 우아한 만찬도 즐길 수 있는 길. 그 길 어딘가에 천국이 있다는 바로 그 길.

바리케이드

고1 때 처음 사춘기의 열병을 앓았다. 세로쓰기로 펴낸 알베르 카뮈의 소설 「이방인」을 읽은 뒤 실존의 늪에 빠져 허우적거렸다. 살인죄로 법정에 선 뫼르소가 '태양이 너무 뜨거워 총을 쏘았다'고 말한 그 한마디. 너무나 충격적인 그 한마디가 뇌리에 단단히 박혔다. 그에게서 강한 동질감을 느꼈다. 나도 이 세상에서 철저히 고립된 이방인이란 생각이 들었다. 세상은 나와 상관없이 돌아가는 시곗바늘과 같았고, 나는 지구 어딘가에 혼자 버려졌다고 생각했다. 사는 게 허무했다.

교실 창문 너머로 모란꽃이 만발한 사월의 어느 봄날. 나는 두툼한 겨울 점퍼를 껴입고 책상 앞에 앉아 끙끙 앓았다. 지리 담당 교사가 별놈 다 보겠다고 비아냥거렸지만, 나는 내 속 어딘가에서 불어오는 영하 50도의 한기를 느끼고 있었다. 아마 그때였던 것 같다. 사는 일이 결코 순탄치만 않다는 것을 깨달은 게. 인생은 종종 '진입금지'라는 빨간 딱지가 붙은 바리케이드와 마주할 때가 있다는 것을. 그 깨달음은 지금껏 현실이 되어 나를 멈추게 한다.

Hotel
California

지금도 이 노래만 생각하면 몸이 저절로 흔들린다.
저녁놀 물든 수면 위를 뛰노는 물고기처럼 통통 튀는 리드 기타.
골목에서 우연히 마주친 첫사랑에 놀라 쿵쾅쿵쾅 뛰던
심장의 울림 같은 베이스 기타.
그 둘이 엮어내는 리듬과 하모니,
그거면 충분했다.

이글스Eagles가 노래한 것이 무엇이든
그것이 퇴폐와 탐욕에 물든
미국 사회의 암울한 현실을 우화한 것이라 해도
나의 관심은 아니다.
나는 그저 그 리듬이 좋았다.
캘리포니아 어느 항구
작은 호텔에서 열린 파티에 초대받은 것처럼
흥에 겨우면 그뿐
나는 이 노래를 사랑할 뿐이다.

A Winter Story (Love Letter OST)
by Yuhki Kuramoto

훗카이도

HOKKAIDO

오겡끼데스까
청춘이여!

오타루의
기차역처럼

기차역이 이랬으면 한다.
그러니까 적어도 백 년쯤의 시간이
역사驛舍에 묻어났으면 한다.
그 역에서 푸른 꿈을 찾아
기차를 탔던 수많은 사람들의 사연들이
졸고 있는 가스등 불빛처럼
아릿한 추억을 안겨줬으면 한다.
오타루의 기차역처럼.

*설국

눈이 내린다.
밤새 눈이 내린다.
격자로 짜 맞춘 유리창 너머로 눈이 내린다.
하염없이 내린다.
밤새 꼬박 눈 내린 다음날 아침
또 눈이 내린다.
세상은 솜틀을 빠져나온 솜을 흩어놓은 것처럼 온통 새하얗다.
설국이다.
사람들은 지붕에 올라가 허리까지 쌓인 눈을 마당으로 밀어내고
삼나무 가지에 쌓여 있던 눈은 제 무게를 이기지 못하고
스르르 스르르
무너져 내린다.
그래도 눈은 또 내린다.
홋카이도의 깊은 산골에는
다시 봄이 오지 않을 것처럼 눈은 내린다.
겨울이 다 가도록 눈이 내린다.

*설국 노벨문학상을 수상한 가와바타 야스나리의 소설.

**영혼의
무게**

오타루항이 내려다보이는 언덕의 골목을 걷다가
처마 밑에 걸어놓은 연어를 봤다.
해풍에 단단히 말랐는데도 몸에서 윤이 난다.
태평양 심연을 헤엄치던 늠름한 자태가 여전하다.
만약 내 몸을 저 연어처럼 거꾸로 매달아
석 달 열흘을 말린 뒤 영혼의 무게를 잰다면?

참 가벼운 인생을 살아왔다.

러브
레터

이제는 고전이 된 일본 영화 〈러브 레터〉. 영화는 홋카이도의 작은 항구 오타루, 겨울이면 온 세상이 눈으로 덮이는 이 순백의 도시를 배경으로 벌어지는 가슴 시린 사랑 이야기다.

등반사고로 숨진 이츠키를 잊지 못하는 히로코. 그녀는 이츠키의 중학교 졸업앨범에 나온 주소로 편지를 보내는데, 뜻밖에도 답장이 왔다. 편지를 보낸 주인공은 이츠키와 동명이인이자 동창인 또 다른 이츠키다. 두 사람은 편지를 주고받으며 죽은 이츠키가 서로 다른 시간 속에서 자신들을 사랑했던 것을 알게 된다. 이츠키가 성년이 되어 히로코와 나눈 사랑도 애절하지만, 좋아하는 마음을 차마 표현하지 못하고 도서관에서 빌린 책 대여목록에 그림으로만 남긴 첫사랑의 순애보도 가슴 시리다. 그 풋풋한 사랑 이야기는 눈이 있어, 겨울이면 밑도 끝도 없이 내리는 눈과 함께 했기에 더욱 빛났다.

오겡끼데스까?

잘 지내죠? 연인이 숨졌던 눈 덮인 산을 향해 외치던 히로코의 절절한 목소리. 그해 겨울, 우리들의 인사도 '오겡끼데스까'였다.

사랑은 지나간다.

너무 아파서 숨도 쉬지 못할 것 같던 사랑은 지나간다.

그러나 흘러가버린 사랑도 아프다.

사랑이 지나간 자리,

이제 사랑 따윈 기대할 것도 없이 감정이 메마른 사내

비굴한 눈빛으로 죽은 동물 주변을 맴도는

승냥이처럼 초라하게 변한 사내

그 사내도 사랑에 운다.

서툰 사랑밖에 해본 적 없는 사내도

밀물 진 갯골에 밀려오는 바닷물처럼

쓰나미로 밀려오는 사랑의 추억에

허물어질 수밖에

사랑에 울 도리밖에 없다.

오겡끼데스까 청춘이여!

내 젊은 날의 사랑이여!

Dust in The Wind

by Kansas

FOUR CONNER

한 줌 먼지가
되어

소실점

길은 가운데로 향한다.
그 시작이 왼쪽이든 오른쪽이든 간에
길은 가운데로 뻗어가다 사라진다.
미국 서부의 황야에서 길은 커브를 트는 법이 없다.
끝도 없이 일직선으로 뻗어 있을 뿐이다.
길이 한 점으로 사라지는 곳
소실점에서 언뜻 비친 차들은
일부터 백을 셀 때까지 다가오지 못하고
여전히 풍경 속에 존재하기도 한다.

밑도 끝도
없는

길은 때로 하나로 모인다.

애리조나, 유타, 콜로라도, 뉴멕시코

네 개의 주가 한 자리에서 만나는 곳, 포 코너Four Corner.

두부 자르듯이 땅을 나눈 서부에서

유일하게 네 개의 주가 하나의 꼭짓점에서 만난다.

그러나 그건 미국인이 정한 약속일 뿐,

바닥에 새겨놓은 이정표가 없다면

이곳에서 공간을 나누는 것은 무의미하다.

이곳은 그저 밑도 끝도 없는 황야일 뿐이다.

황야가 붉은
이유

저녁 햇살이 따갑다.
햇살 한 올 한 올이 화살처럼 날아와 박힌다.
이제야 알겠다.
황야가 왜 그렇게 붉은지.

영혼을 깨우는
하모니카

고등학교 진학을 앞둔 그해 늦은 봄. 충주 월악산 너머 촌구석에 살던 녀석이 전학을 왔다. 아들만큼은 큰 도시에서 가르치고 싶어한 부모의 교육열에 청주까지 전학을 온 것이다. 녀석은 혼자 자취를 했는데, 나는 시간이 날 때마다 친구 방에서 함께 뒹굴곤 했다.

녀석은 하모니카를 구수하게 잘도 불었다. 딱히 누군가에게 배운 것도 아닌데, 악보도 없이 노래만 들었다 하면 척척 불었다. 그때 녀석이 부는 하모니카로 「Dust in the Wind」를 처음 들었다. 그건 충격이었다. 노랫말도, 노래를 부른 가수도 몰랐지만 그 선율만큼은 너무도 선명했다. 특히 간주 부분에서 부드럽게 오르내리는 하모니카의 리듬은 온몸을 찌릿찌릿하게 만들었다. 녀석이 부는 하모니카 소리는 경쾌하면서도 어딘지 모르게 짙은 슬픔이 배어 있었다. 그때 아직 인생을 논하기에는 어렸지만 어렴풋이나마 세상살이의 헛헛함을 눈치챘던 것 같다. 그 노래를 부른 그룹이 캔자스Kansas이고, 이들은 고등학교 동창으로 구성된 밴드라는 것, 동양적인 사고와 철학이 묻어나는 노랫말이 1960년대 반전운동을 펼치던 미국 젊은이들에 대한 향수, 현실 앞에서 무력한 자신들을 먼지에 비유하며 인생의 무상함과 공허함을 표현했다는 것을 알게 된 것은 대학시절이다. 노랫말의 의미를 알고 나자 더 이 노래에 빠져 들었다. 그 마음은 지금도 변치 않았다. 내가 아는 한 팝송 넘버원은 「Dust in the Wind」다.

잠시 동안 눈을 감아봅니다

그러자 그 순간은 사라져 버립니다

내 모든 꿈조차

한낱 호기심으로 내 눈 앞에서 스러집니다

바람 속에 흩날리는 먼지

그것들은 모두 바람 속에 흩날리는 먼지일 뿐

늘 듣는 옛 노래는

단지 끝없는 바다에 떨어지는 한 방울의 물일 뿐입니다

우리가 하는 모든 것들은

보고 싶지 않겠지만 바스러져 땅에 뿌려집니다

연연하지 마세요

하늘과 땅을 제외하고 영원히 남는 것은 없어요

모든 것은 사라집니다

:

「Dust in the Wind」 중에서

나는
사라질 것이다

우리는 모두 사라질 것이다.
티끌이 될 것이다.
바람이 될 것이다.
우리의 영혼은 바람처럼
기약 없이 하늘을 날아갈 것이다.
다시, 누군가의 어깨에 사뿐히 내려앉아
그 역시 사라지게 할 것이다.

존재하는 것은
존재하지 않는 것과 같다.

이 말의 의미를 받아들이기가 왜 그렇게 힘이 들었던지.
그때 나는 팔팔한 청춘이었다.

LAS VEGAS

라스베이거스를
떠나며

Angel Eyes
by Sting

욕망을
위하여

라스베이거스에서는
셔츠 단추 한두 개는 풀어놓는 게 좋다.
현실적인 고민이나 개인사에 대한 연민
골치 아픈 주식 시세나 미래를 담보로 하는 펀드
귀에 딱지가 앉게 들었던 아내의 잔소리는
다 먹은 콜라 캔처럼 쓰레기통에 버려라.
이 도시에서 점잖을 떠는 것은 실례다.
청교도처럼 단정하게 굴려면 서둘러 떠나라.

라스베이거스에서는 네온사인 불빛에 취해야 한다.
클럽의 댄서에게 불같은 눈길을 보내도 괜찮다.
연인과 팔짱을 끼고 걸어가는 누군가와 눈이 마주쳤다면
그녀의 상대방에게 들키지 않도록 윙크를 날려 보라.
라스베이거스에서는 누구든 당신의 윙크를 가볍게 받아줄 것이다.
수줍은 당신이라면 택시 운전사에게 운명을 맡겨라.
뱀파이어와의 키스만큼 짜릿하고
세인트 헬렌 화산 폭발처럼 뜨거운 밤을 선사할
클럽으로 당장 데려가줄 테니.

도박을 하지 않을 거라면 차라리 라스베이거스에 오지 마라.
카지노에서 주사위를 던지거나 카드를 꼬나보거나
BAR와 7, 체리 열매가 빙글빙글 돌아가는 슬롯머신을 보면
열병에 걸린 것처럼 아무 생각 없이 달뜨게 마련이다.
누가 알아? 1억 달러 잭폿을 터트릴 수도 있는 거잖아?
하나 더, 포커판에서는 절대 초짜처럼 굴지 마라.
영화 〈대부〉의 알 파치노처럼 비열한 웃음을 머금고
〈영웅본색〉에서 주윤발이 그랬던 것처럼 카드를 던져라.
설령, 쥐뿔도 없는 패를 쥐었다 할지라도 낙담하지 마라.
어차피 이곳은 잃기 위해 찾아온 도시다.
욕망의 한 올까지 다 소진하려 찾아온 도시다.

라스베이거스, 이곳은 일탈을 위한 도시.
사막을 달구는 섭씨 45도의 열기로도 감당할 수 없는,
머리부터 발끝까지 가득 찬 욕망이 있다면 다 쏟아내라.
그들이 다 받아줄 것이다.
이 도시가 당신의 욕망을 먹고 자랄 것이다.
그 욕망을 먹고 더 붉고, 더 화려한 불빛으로 토해낼 것이다.

**영원한
사랑**

그들은 지금도 사랑하고 있을까.
사랑은 저 크리스털에 갇혀 이미 박제가 된 것은 아닐까.
추억은 기억할 때 아름답다.
그 추억이 나, 혹은 타인에 의해서 기억될지라도.

라스베이거스를
떠나며

어디 취하고 싶은 것이 벤(니콜라스 케이지 분) 뿐일까. 우리는 언제나 희망을 말하지만 되는 것보다 안 되는 게 더 많은 인생. 그럴 때마다 우리는 취하고 싶은 거다. 제정신으로 바라보기에 세상은 너무 아찔하다. 너무 이기적이다. 거리를 걷는 사람들의 99%가 패자라는 사실만이 위안거리다. 그러니 취할 수밖에. 알코올의 힘을 빌려 이 고단한 삶을 잊고 싶은 거다.

영화 〈라스베이거스를 떠나며〉를 보며 한없이 공감했던 것은 현실이 너무 버거울 때가 많다는 거. 목 놓아 울고 싶어도 울지 못하고 그저 허탈한 웃음을 흘리며 취할 수밖에 없다는 거. 그런 우리를 안아주고 위로해주는 이가 창녀이거나 우리와 같은 패자라는 거. 그리고 또, 혈관을 따라 흐르는 알코올처럼 온몸을 휘감아오는 스팅Sting의 감미로운 목소리가 있다는 거.

I'm Calling You
by Jevetta Steele

네바다

N E V A D A

길
위에서

라스베이거스를 떠난 것은 오후 5시. 1만km가 넘는 거리를 달리며 너덜너덜해진 타이어를 갈고 막 출발한 길이었다. 도심을 빠져 나오자 벌써 어둠이 밀려왔다. 어디로 갈까. 황야에서 길을 묻는 것만큼 어리석은 일이 또 있을까. 그러나 한 시간을 달려도 마을은 코빼기도 보이지 않는 이곳에서 목적지도 없이 무턱대고 밤길을 달리는 것만큼 어리석은 일도 없다. 그러나 가야 했다. 어차피 라스베이거스를 떠나기로 마음먹은 마당이니.

칠흑 같은 밤을 가르며 차는 달렸다. 운전대는 내가 잡고 있지만 길을 안내하는 것은 자동차였다. 자동차가 스스로 길을 읽으며 길을 따라 달렸다. 갈림길은 없었다. 178번 도로 이정표만 보고 계속 달렸다. 그 사이 패럼프Pahrump를 지났다. 제법 흥청거리는 도시처럼 보였다. 여기서 잘까. 싫다. 너무 번화하다. 라스베이거스를 떠올리며 잠들기는 싫었다. 호젓한 곳에서 자고 싶었다. 밤마다 불야성을 이루는 화려한 네온사인을 벗어나고 싶었다. 다시 달렸다. 길은 산을 넘었다. 세상 어디에도 불빛은 보이지 않았다. 불안한 마음이 슬금슬금 움트기 시작했다. 과연, 이 밤 어딘가에 내 몸을 받아줄 곳이 있을까. 다시 세상에 홀로 버려진 듯한 외로움이 밀려왔다.

쇼숀Shoshone의 불빛이 보인 것은 라스베이거스를 떠난 것을, 패럼프를 그냥 스쳐 지나온 것을 후회할 때쯤이었다. 어느 낮은 산자락을 넘어가자 거기 운명처럼 작은 마을이 기다리고 있었다. 쇼숀에는 모든 게 하나씩밖에 없다. 주유소와 레스토랑, 모텔, 기념품점이 다 하나씩이다. 하나가 마을의 전부다. 정신없이 눈이 돌아가는 라스베이거스에 비하면 너무도 초라한 마을이다. 이곳에 머무는 이들은 모든 것을 공유한다. 같은 모텔에서 자고, 같은 레스토랑에서 밥을 먹는다. 같은 주유소에서 기름을 채우고, 같은 곳에서 여행 정보를 주고받는다. 그런 이유에서일까. 밤이 퍽 깊었지만 모텔 마당에서 만난 이들의 얼굴에는 상냥함이 묻어났다. 길을 떠난 자의 마음을 가장 잘 아는 것은 길 위에 있는 자다. 또한 그들이 머물고 싶어 하는 곳은 단지 물과 음식이 있는 곳만은 아니다. 애정에 굶주린 방랑자들은 따뜻한 눈길을 원한다. 마음까지 기대어 쉴 수 있어야 참다운 오아시스다.

모텔은 아담했다. ㄷ자 모양의 단층 구조다. 마당 전체를 그늘로 덮을 수 있는 덩치 큰 나무가 마당 가운데 솟았다. 그 곁에 화단으로 둘레를 단장한 조그만 연못이 있고, 그 안에 키 작은 분수가 있다. 분수에서 나는 나지막한 물소리가 모텔 마당을 휘감았다. 주위는 쥐 죽은 듯이 조용했다. 도로 위에는 지나는 차도 없다. 하기야 이 밤에 누가 이곳까지 차를 몰고 올까. 방문 앞에 놓인 간이 의자에 앉아 담배 한 대를 피워 물고 밤하늘을 올려다봤다. 따스한 별빛이 사막의 마을에 내렸다. 붉은 네온사인이 켜진 모텔 간판도 또 하나의 별무리처럼 친근했다.

그 불빛에 젖어 영화 〈바그다드 카페〉를 떠올렸다.

미 서부를 여행하다 보면 '바그다드 카페'와 자주 만난다. 삶을 지탱해 줄 아무것도 존재하지 않는 황량한 사막에서 온종일 타는 태양과 흙먼지를 뒤집어쓰고 있는 길가의 허름한 카페들. 그곳에 사는 사람들은 바람처럼 스쳐 가는 여행객들에게 작별을 고하고, 또 언제 찾아올지도 모를 누군가에 대한 막연한 기대감으로 하루를 견딜 것이다. 어제도, 오늘도, 내일도 별반 다를 게 없이 반복되는 일상에 그들의 마음 또한 화석처럼 굳었을지도 모를 일이다. 태양은 그들의 초라한 삶이 산산이 부서질 때까지 사막을 태울 테고.

외톨이로 전락한 이들이 어디 그들뿐이랴. 사막에 버려진 듯 살아가는 그들처럼 우리의 인생도 외로움의 바다에 빠져 허우적거릴 때가 있다. 끝없는 기다림은 실체도 알 수 없고, 무엇을 잃어버렸는지조차 모른 채 허물어진 풍차처럼 황야에 서 있다. 그럴 때면 사람 속에 묻혀 있어도 사람이 그립고, 실컷 웃은 뒤에도 공허감에 눈물이 찔끔 묻어나곤 한다. 살아가는 것인지 혹은 살아지는 것인지 알 수 없는 끝 모를 절망감, 그 상실의 공간이 바그다드 카페다. 우리는 모두 저마다의 바그다드 카페에서 살고 있다.

저마다의
바그다드 카페

라스베이거스에서 사막을 가로질러 오는 외딴 곳. 길가에 카페가 있다. 사방을 둘러봐도 건물이라고는 찾아볼 수 없는 황량한 곳에 카페하나만 덩그러니 있다. 카페에는 고장 난 커피 자판기가 있고, 펌프질이 시원하지 않은 주유기가 있고, 스프링이 무너져버린 낡은 침대가 놓인 객실이 있다. 온종일 기다려도 차 한 대 보이지 않는, 지독히 무료한카페. 해가 뜨고 지는 것만이 시간을 말해주는 그런 카페.

이 카페에 살고 있는 사람들은 상처가 깊다. 저마다 언젠가의 상처로인해 생을 절망하거나 외톨이로 떠돌던 기억이 있다. 그들의 가슴은사막보다 더 황폐하다. 그런 사람들이 노래한다. 누군가를 갈망하는간절한 목소리로. 사막에 부는 바람처럼 메마른 목소리로. 애타게 누군가를 부르고 있다.

I'm calling you
I'm calling you

당신에게도 이토록 무료한 시간이 찾아왔던 적이 있는가.

Last Christmas
by Wham

캐네디언 로키

CANADIAN ROCKY

마지막
크리스마스의 추억

다시 산타클로스를
기다리며

당신이 어른이 되었다고 느꼈을 때는 언제인가? 누군가 묻는다면 크
리스마스라고 답하겠다. 이제 더 이상 산타클로스를 기다리지 않으니
까. 누군가(분명 아버지다) 피곤한 몸을 이끌고 와서는 선물 보따리를 머
리맡에 놓고 가도 누가 선물을 놓고 갔지? 대수롭지 않게 여기며 짐짓
딴청을 부리게 된다면 마음에 털이 난 거다. 몸은 청춘을 탐하더라도
이미 마음은 늙은 것이다. 그때부터 세월은 총알보다 빠른 속도로 질
주한다.

그리고,

두 번 다시 간절한 마음으로 산타클로스를 기다릴 수 없겠다고 느낄
때, 당신은 이미 산타클로스 역할을 해야 할 나이가 되어 있을 것이다.

그게
부럽다

캐네디언 로키Canadian Rocky에 가면 부러운 게 있다. 크리스마스 트리다. 우리에게는 저처럼 우아한 전나무가 없다. 백화점이나 마트에서 파는 약품 냄새 물씬한 가짜 나무 천지다. 그러나 캐네디언 로키에서는 나무에 솜뭉치를 붙여놓을 이유가 없다. 밤새 내린 함박눈이 가지 위에 수북하게 쌓여 있으니까. 조명을 달 필요도 없다. 흘러가는 구름과 은백의 달, 흩뿌려진 은하수가 장식이 되어주니까. 우리 땅에서는 쉽게 꿈꿀 수 없는 대자연의 선물, 그게 부럽다. 그러나 그보다 더 부러운 게 있다. 어른이 되어서도 동심을 잃지 않는 분위기, 그게 부럽다. 이 시대는 추억도, 사랑도 돈으로 사고파는 데 너무 익숙해져 있다. 12월 25일만 지나면 유통기한 지난 김밥처럼 크리스마스에 대한 기억마저 가차 없이 폐기처분하는 냉정한 사회. 아이들은 또 그런 세태를 보며 재빨리 셈이 빠른 사회적 인간으로 변해가고.

눈이
나리네

그해 겨울 함박눈이 내렸다. 한 치 앞도 분간키 어렵게 펑펑 내렸다. 소년은 이유도 없이 외로웠다. 연애 한 번 해본 적 없으면서도 누군가를 그리워했다. 그날, 어디서부터 걸었는지도 모르게 하염없이 하염없이 눈을 맞으며 걷다가 집 앞 가로등 아래 섰다. 눈은 노란 나트륨등 아래로 퍼붓고 외로움에 깊게 발 담근 소년은 고개 들어 가로등을 바라보았다. 한참동안 눈이 눈 속으로 빨려 들어가게 내버려뒀다. 그날 이후 소년은 다시는 그렇게 눈을 맞지 못했다. 더 많은 눈이 내린 날도 있었겠지만 소년은 그날 생애 맞을 눈을 이미 다 맞았다.

밴프를
거닐다

이십 년 전 밴프Banff에 처음 갔다. 단풍나무 새빨간 낙엽이 흩날리던 늦가을이었다. 저녁을 먹고 거리로 나서자 언제부턴가 눈이 내리고 있었다. 함박눈이 펑펑 내리고 있었다. 시월에 내리는 밴프의 첫눈. 그 황홀한 기분을 어찌 잊을 수 있을까. 그때 우리는 허니문 중이었다.

십 년 뒤 다시 찾은 밴프. 이번에는 겨울이었다. 거리에는 여전히 눈이 내렸다. 사람도 마을도 산도 세상도 모두 덮을 것처럼 눈이 내렸다. 자전거가 벤치가 통나무집 지붕이 전나무숲이 도끼로 찍어낸 것 같은 산들이 모두 함박눈에 덮였다.

다시 밤이 오고 나는 거리에 섰다. 지구의 어느 쪽에선가 흘러왔을 사람들도 거리에 서 있었다. 누구랄 것도 없이, 사람들은 나트륨등이 흰 눈을 황금빛으로 물들인 거리를 따라 걸었다. 목적지는 없다. 셔터를 내린 상점의 진열장을 돌아보고, 음악이 흘러나오는 펍을 기웃거리고, 어느 골목에서는 애타게 사랑을 갈구하는 연인들을 훔쳐보고, 그들만큼의 사랑이 내게도 있었음을 추억하고, 다시 누군가와 목 메이는 사랑을 나눌 것이라고 희미한 다짐을 하며 걷는다.

밤은 점점 깊어가고, 북극의 밤은 긴긴 시간의 터널을 지나가고, 그 밤을 헤아리며 나는 쉽게 잠들지 못할 것을 안다. 밴프에서 사랑의 기쁨을 나누던 이 거리에서 흘러간 시간과 다가올 시간들을 기억하며 오래도록 서 있었다.

Wind of Change
by Scorpions

모스크바

MOSCOW

모스크바는 눈물을
흘리지 않는다

그해 여름
모스크바

그해 여름, 러시아는 끝없이 추락하고 있었다. 사회주의는 붕괴되고, 새로운 사회 질서는 정립되지 않은 채 혼돈의 중심에 있었다. 지구 육지의 4분의 1을 차지하는 이 거대한 나라가 이 빠진 호랑이처럼, 늙은 공룡처럼 초라해졌다. 21세기가 몇 달 앞으로 다가왔지만 그들은 아직 새로운 세기를 받아들일 준비가 안 됐다. 세상에 이처럼 극적인 나라가 또 있을까. 인류 최고의 드라마틱한 혁명이 일어난 지 80년 만에 가장 먼저 사회주의를 청산하겠다고 나선 나라. 한때는 미국과 함께 세계를 쥐락펴락하던 나라가 어떻게 이처럼 처절하게 몰락할 수 있을까. 그러나 모든 것은 현실이었고, 모스크바는 참담한 변화의 복판에 서 있었다. 마치 단두대에 선 프랑스 왕정처럼 그들이 할 수 있는 일은 아무것도 없어 보였다.

그해 여름, 모스크바에서는 100달러만 있으면 충분했다. 이태 전 단행된 화폐개혁으로 루블화는 휴지조각이 됐다. 사람들에게 필요한 것은 달러, 그것도 100달러만 있으면 뭐든지 할 수 있었다. 노동자들의 임금은 페레스트로이카(소련의 개혁·개방정책) 이전에 비해 반의반 토막이 났다. 교사의 임금은 50달러, 노동 강도가 센 공장에서 일하는 노동자 임금은 100달러에 불과했다. 그 돈으로 모스크바에서 살아간다는 것은 기적이었다. 모스크비치들은 무언가라도 해야 했다. 일과가 끝나면 다시

아르바이트에 나서야 했고, 100달러만 더 벌 수 있다면 무슨 일이라도 할 각오가 돼 있었다. 해가 지지 않는 백야의 밤은 더 이상 일광욕을 즐기거나 만찬을 준비하는 낭만을 주지 못했다. 여인들은 퇴근 시간이면 버스정류장이나 지하철역에 몇 송이 꽃을 들고 길게 줄을 섰다. 꽃을 팔아 1달러를 벌기 위해서다. 퇴근길의 도로는 호객 행위를 하는 자가운전자들로 넘쳐났다. 때로 중앙선을 침범하며 무섭게 질주하다가 공안에게 걸려도 1달러만 내면 됐다. 단돈 1달러면 무서운 눈초리의 공안도 시선을 다른 곳으로 돌렸다.

그해 여름, 백야의 절정에 이른 모스크바에서 러시아의 대문호 톨스토이를 찾아갈 때 우리는 변화의 소용돌이에 빠진 우울한 러시아와 만났다. 톨스토이가 잠들어 있는 야스나야 폴랴나Yasnaya Polyana는 모스크바에서 220km 거리, 자동차로 세 시간이 걸렸다. 그곳까지 하루 종일 자동차를 대여하는 비용은 50달러. 그러나 내가 놀란 것은 돈이 아니었다. 나를 야스나야 폴랴나까지 데려다줄 드라이버 때문이었다. 유라, 그는 전직 모스크바대 교수였다. 하지만 100달러에 불과한 월급을 견디지 못해 아예 택시 드라이버로 전업을 한 것이다. 참 씁쓸한 현실이었다.

그해 여름, 모스크바에는 지난 시절에 대한 향수와 새로운 질서에 대한 욕망, 두 개의 바람이 거리를 휩쓸었다. 올드 보이들은 다시 사회주의 체제로 돌아가자고 목청을 높였고, 아르바트 거리Arbat St.의 젊은이들은 끝이 보이지 않는 검은 터널 속에 놓인 러시아와 자신의 운명에 대해 절망했다. 사자 앞에 선 사슴처럼 두려운 눈망울을 굴렸다. 그들의 관심은 오직 하나, 이 혼돈 속에서 살아남는 것. 설령 그것이 자신이 꿈꾼 미래와 반대의 길을 걷는 일이라 할지라도 그들에게 떨어진 지상 명령은 어떻게든 살아남는 것이었다.

모스크비치의 구멍 난 가슴에 그나마 위안을 주는 것은 백야의 햇살이었다. 티끌 하나 없이 푸른 하늘, 쾌적한 바람, 생명의 기운이 충만한 숲과 나무들이 '북극의 수도'를 빛나게 했다. 그 환한 여름이 상처받고 피폐해진 모스크비치를 따뜻하게 품어줬다. 사람들은 초록이 깊어진 숲을 거닐고, 잔디밭에 누워 일광욕을 하며 지친 하루를 달랬다. 이슬 내린 숲에서 딴 버섯, 텃밭에서 수확한 감자가 그들의 식탁에 올랐다. 가난한 연인에게 사랑의 세레나데를 부르며 건넬 들꽃 한 줌도 강둑길에서 꺾은 것이다. 북극의 찬란한 여름이 안겨준 위안이었다.

그해 여름, 모스크비치들은 낮보다 환한 백야에 위로를 받으며 고난에 찬 한 시절을 견디고 있었다.

그날을
기억하니?

생각나니? 모스크바에서 수즈달Suzdal로 가는 길 말이야. 곧고 평평한 땅을 일부러 주름 잡아놓은 것처럼 굴곡진 시골길. 영화 〈매디슨 카운티의 다리〉의 엔딩 장면처럼 고갯마루에 차가 보였다가 이내 사라지고, 다시 한참을 지나 고갯마루에 다시 차가 나타나던 길. 오르막과 내리막이 반복되던 그 길 말이야. 그때 길을 감쌌던 끝없는 들판은 고흐의 그림처럼 황금빛으로 물들었지. 우리가 탄 로컬버스는 고독한 까마귀처럼 밀밭 사이로 난 길을 연신 오르내리며 달려갔고. 어쩌면 굴곡진 그 길은 시간의 주름을 잡아 현대에서 과거로 시간여행을 떠나게 하는 타임머신이었는지도 몰라.

우리는 수즈달에서 한가롭기 그지없는 마을길을 걸었지. 이제 형체도 알아볼 수 없는 옛 토성 위를 걸으며 천 년 전 이 도시의 영화를 떠올려봤어. 그때 여자 아이 둘이 늦은 오후의 햇살을 받으며 풀밭에 이젤을 놓고, 좁고 맑은 수로 위에 놓인 나무다리를 그렸어. 그 나무다리를 건너 찾아간, 종탑만 남은 수도원에서는 자전거를 타고 온 연인이 수줍게 사랑을 나누는 모습을 흘낏거리며 훔쳐봤지. 노을이 사과처럼 붉던 저녁. 양파모양의 지붕을 이고 있는 수도원의 그림자가 강가를 물들이고, 소녀들이 깔깔대며 수영하는 모습도 훔쳐봤어. 그녀들의 해맑은 웃음소리가 지금도 귀에 쟁쟁해. 그날의 수즈달 산책, 내 인생에서 가장 행복한 여행의 순간이었어. 그날을 기억하니?

21세기에 들어서도 겨울의 모스크바는 우울하다. 온종일 침울한 하늘이 회색빛 콘크리트 빌딩을 찍어 누른다. 공기까지 얼게 하는 시린 겨울바람 탓에 시도 때도 없이 분설이 내린다. 질 나쁜 휘발유를 사용하는 자동차의 매연은 쌓인 눈을 시커멓게 물들였다. 곰처럼 잔뜩 움츠린 사람들의 어깨에는 약속이나 한 듯 두툼한 모피코트가 걸쳐져 있다. 모피의 무게에 짓눌려서일까. 어려운 시대를 살아가는 고단함 때문일까. 길을 걷는 사람들의 발걸음이 무겁다. 거리의 악사나 화가들이 몰려드는 아르바트 거리에 걸어놓은 그림들 위로 분설이 달라붙었다. 그런데도 화가는 눈을 털어낼 생각이 없다. 사람들이 총총히 사라진 거리 위로 다시 회색빛 하늘이 내려앉는다. 밤은 오후 네 시부터 찾아오고, 회색의 도시는 결코 끝나지 않을 것 같은 어둠의 긴 터널 속으로 흘러든다.

Wind of
Change

분명 모스크바는 변하고 있다. 스펀지가 물을 흡수하듯 빠르게 자본주의 물결을 타고 있다. 살인적인 물가와 호텔마다 난립한 카지노, 세르메티보Sheremetevo 공항에서 시내로 향하는 대로변에서 밤 새워 번쩍이는 집채만 한 코카콜라 광고판이 오늘의 러시아를 말한다. 사회주의 심장으로 불렸던 붉은 공화국의 수도는 그렇게 시시각각으로 변하고 있다.

그러나 아직은 인간적이지 않다. 급격한 변화는 무질서를 동반했고, 미래는 여전히 불투명하다. 석유와 가스를 팔아 번 돈은 몇몇 가진 자의 호주머니만 불려주고, 비밀경찰이 사라진 거리에는 마피아가 독버섯처럼 자리했다. 러시아를 만들고, 그 사회를 위해 헌신했던 사람들은 여전히 변두리에 내몰린 채 살아가고 있다.

1988년 서방의 밴드로는 처음으로 러시아에서 공연한 *스콜피언스Scorpions. 그들이 느꼈던 러시아 젊은이들의 자유와 변화에 대한 열망, 모스크바 강변을 거닐며 꿈꿨던 러시아의 미래는 이런 게 아니었다. 진정한 'Wind of Change'였다. 그러나 진짜 변화는 아직 러시아에 오지 않았다. 러시아의 실험은 한 세기를 지난 지금도 끝나지 않았다.

*스콜피언스 독일 출신의 정통 헤비락 그룹. 팝음악의 전성기였던 1980년대를 주름잡은 그룹으로, 한국에서도 7080세대의 우상이었다. 외국 가수로는 처음으로 러시아에서 공연했으며 Holiday · Love of My Life · Still Loving You 등 주옥같은 노래들이 있다.

Summer Wine
by Ville Valo & Natalia Avelon

보르도

B O R D E A U X

신의 물방울을
만나러 가는 시간

보르도에서
새벽 산책

눈을 뜬 시각은 새벽 세 시. 시차 탓에 겨우 세 시간만에 기상했다. 아직 해가 뜨려면 세 시간은 더 기다려야 한다. 이럴 때 어떻게 대처해야 하는지에 대해 잘 알고 있다. 주구장창 누워만 있다고 될 일이 아니다. 책을 읽으며 시간을 보내다 어슴푸레 여명이 밝아오면 산책을 나서는 게 내가 즐겨하는 시차적응 요령이다.

보르도 시내는 어둠에 휩감겼다. 도시를 감싸고 흘러가는 강도 어둠에 묻혔다. 트램바이가 가끔 돌아갈 뿐 인적은 드물었다. 여름이라고는 믿기지 않을 만큼 서늘한 바람이 불었다. 저 바람이 포도를 키우는 걸까. 한낮에는 살갗이 벗겨질 만큼 따가운 햇살이 내리쬐다가도 밤이 되면 강에 숨어 있던 냉기들이 활개를 치며 포도가 과숙하는 것을 막아주는 걸까.

참 웃기는 일이다. 한국에도 포도를 재배하는 농가는 많다. 하지만 단한 번이라도 애정 어린 시각으로 그들을 본 일이 없었다. 그런데 왜 보르도에서는 모든 것을 경외감으로 보려는 것일까. 엄밀히 말하자면 샤또도 포도농원이고, 유명한 와인 메이커 또한 한국으로 치면 농부 아닌가. 그런데도 함부로 말해서는 안 될 것 같은 기분은 무엇일까. 바람 하나, 햇살 한 줌까지도 자연이 준 선물이며 보르도의 위대한 와인을 위한 숭고한 밑거름이라 여겨야 하는 이유는 무얼까.

어둠은 금방 익숙해졌다. 아무도 없는 빈 거리를 걸었다. 고졸한 불빛만 가득한 거리. 그 어둠 속에서도 모습을 드러내는 한결같은 건물들. 보르도 시내에 있는 모든 건물들은 하나같이 성처럼 아름답다. 짙은 아이보리나 연노랑색으로 칠한 5층 내외의 건물들이 질서정연하게 골목을 따라 늘어선 모습을 보면 참 조화롭다. 이것은 누군가의 강요에 의한 획일성이 아니다. 이해와 신뢰에 기초한 조화다. 서로가 서로를 방해하지 않고, 도시 전체의 균형과 통일성을 부여하는 지혜, 그게 참 부럽다. 물론 그 가운데 예외가 있다. 교회다. 하나님과 한 뼘이라도 더 가까워지려는 성직자들의 염원을 담은 뾰족한 첨탑은 이곳에서도 인정사정 볼 것 없이 하늘을 찌르고 있다.

강변을 따라 걷는다. 어둠 속에서도 강물의 유속은 상당히 빨라 보인다. 가론Ganronne강일까, 아니면 도르도뉴Dordogne강일까. 보르도에서의 첫날이라 이 강의 정체를 알 수 없다. 강의 규모는 제법 크다. 고작해야 중량천 수준인 파리 센Seine강과는 차원이 다르다. 강이 이렇게 크니 영국이나 네덜란드에서 출발한 범선이 보르도까지 거슬러와 와인을 싣고 갈 수 있었을 게다. 강물은 동편 하늘부터 부옇게 밝아오는

여명에 물들어가고 있다. 행복하다. 언제나 아침을 여
는 기분은 상쾌하다. 시간이 흘러가면 자연스럽게 일
어나는 일인데도 동 트는 아침을 맞는 기분은 늘 상쾌
하다. 그것도 프랑스 남부의 작은 도시에서 저 홀로 깨
어나 새벽을 맞는 기분이라니.

강을 따라 참 멀리까지 갔다. 그새 하늘은 많이 밝아졌
다. 자전거를 타고 가는 사람들도 한둘씩 보이기 시작
한다. 도로에는 차들도 많아졌다. 오늘도 맑은 하루가
될 것 같은 기대가 몰려온다. 이제 돌아갈 시간이다.
노르망디 호텔에 닿기 전 빵가게를 지나면서 구수한
빵내음을 맡는다면 보르도의 아침이 완벽할 것이다.

올드 보르도의
골목 카페

여름날 보르도의 저녁은 오후 여덟 시를 넘어서도 환하다. 북위 45도에 위치한 보르도의 환상적인 밤이 시작되는 것이다. 간간히 여우비가 흩뿌리면서도 쾌적함을 잃지 않는 한낮도 좋지만 길고 긴 여운의 석양이 시작되는 저녁 무렵의 보르도는 정말 사랑스럽다. 높아도 5층을 넘지 않는 건물 위로 하늘은 점점 푸르게 깊이를 더해가고, 뭉게구름은 적포도주처럼 점점 붉어진다.

이때쯤 늦은 만찬을 즐기려는 보르도 사람들은 삼삼오오 짝을 이뤄 올드 보르도의 레스토랑을 찾는다. 다시 골목은 테라스 카페로 가득 들어차고, 요리사와 웨이터의 손길도 바빠진다. 음식이 익어가는 고소한 냄새, 낡은 벽돌에 매달린 채 점점 노란 불꽃을 튀기는 가로등과 레스토랑의 간판들이 시장기를 부른다.

대극장 뒤편 골목에 있는 작은 레스토랑 라 부숑 보르들리아. 레스토랑은 사람들로 가득 찼다. 그들이 조근조근 나누는 대화와 음식이 준비됐을 때마다 두드리는 은은한 종소리, 테이블이 비기만을 기다리는 레스토랑 밖의 사람들, 저마다 한 잔씩 들고 있는 와인. 정말 보르도에서는 맥주나 다른 종류의 술을 마시는 모습을 보기 어렵다. 특히, 레스토랑에서는 100% 와인이다. 이 레스토랑의 와인 리스트는 10유로부터 시작해 80유로까지 간다. 물론 행사를 하고 있는 로제 와인이나 잔술로 파는 것은 훨씬 더 저렴하다. 사람들은 각자 주머니 사정에 맞게 와인을 마신다. 음식을 주문하기 전에 메뉴판과 와인 리스트를 앞에 두고 10여 분씩 마리아주(음식과 와인의 궁합)를 논하는 사람들. 저녁은 저렇게 여유있게 즐겨야 한다.

저녁 식사는 열한 시쯤 끝났다. 그래도 사람들은 일어설 줄을 모른다. 이들은 레스토랑이 문을 닫는 밤 열두 시까지 자리를 지킬 것이다. 마음껏 떠들고 마시며 여름밤의 행복을 만끽할 것이다.

올드 보르도의 거리는 한껏 농익었다. 하늘빛은 거의 짙은 남청색에 가깝다. 사람들은 대극장 계단에 앉아 이 도시의 야경을 즐기고 있다. 서두를 것도 없이 왔다가 다시 사라지는 트램바이, 길을 따라 열지어 선 가로등, 사람들은 골목 어딘가에서 나와 다시 또 어느 골목으로 사라지고. 골목을 점령한 레스토랑의 야외 테라스에서 이 모든 것이 흘러가고 밀려오는 풍경을 하염없이 감상하는 사람들. 보르도의 밤은 그렇게 부드럽게, 쉼 없이 흘러가는 것들이 어울려 한결 고즈넉한 분위기를 낸다.

와인을
탐하는 시간

와인의 빛깔을 보고
와인을 돌려가며 향을 맡고
와인잔을 타고 내리는 와인의 점도를 가늠해 보고
와인을 입에 머금은 채 혀를 굴려가며
와인의 무게와 깊이를 느끼고
휘파람 소리와 함께 와인을 입천장에 띄워 맛을 보고….

테이스팅!

와인 마니아에게 가장 행복한 순간이다.

기억을 담는
코르크 마개

점점 기억이 흐릿해진다.

머릿속에서는 분명 어떤 이미지가 떠오르는데

이름이 떠오르지 않을 때

머리로는 말을 했는데

정작 하려는 말은 아직 입 밖으로 나오지 않았을 때

상갓집에서 누군가 아는 체를 하는데

그와의 추억이 떠오르지 않을 때

뒤집어놓은 모래시계처럼

기억이 하나씩 사라질 때

우리는 서글퍼진다.

백 년 동안 와인의 향기를 간직하게 해주는 코르크 마개처럼

기억이 빠져나가는 출구를 밀봉해줄 무엇이 있다면

백 년 동안 살아온 흔적을 고스란히 기억할 수 있다면.

내가 꿈꾸는
여행

내가 꿈꾸는 여행은
택시 한 대 겨우 들어가는 아담한 골목에
손바닥만 한 간판이 걸린 작은 호텔이 있고
그 호텔은 3층을 넘지 않으며
창문 밖 가스등 아래로 골목이 내려다보이는 곳
아침이면 카페에서 새어나오는
진한 에스프레소 커피 향으로 시장기를 느끼고
밤늦도록 와인을 마신 뒤에도
또각또각 골목을 걸어서 호텔로 돌아올 수 있는
두 시간이면 마을을 한 바퀴 반쯤 돌 수 있고
며칠을 머물러도 궁금한 게 남아 있는 그런 곳
생테밀리옹Saint Emilion 같은 곳.

아!
샤또 마고

보르도 5대 와인 가운데 하나 샤또 마고Chateau Margaux. 관람객을 인솔하는 투어 가이드는 오크통을 만드는 공방을 거쳐 수천 개의 오크통이 놓인 저장고 가장 깊숙한 곳, 쇠창살로 입구를 막아놓은 방으로 안내했다. 샤또 마고의 전통이 숨쉬는 까브Cave였다. 방 안은 불빛이 어둠침침해 무엇이 있는지 분간키 어려웠다. 실눈을 뜨고도 한참이 지나서야 어렴풋이 보였다.

아!

또 무슨 말을 할 수 있을까. 샤또 마고 백 년의 역사가 그곳에 고스란히 보존되어 있었다. 먼지가 뽀얗게 내려앉고, 거미줄이 성긴 저장고의 와인들. 첫 눈에 드는 것은 1917년산 와인이었다. 모두 16병이 남았다. 왜 그랬는지 모르지만 나는 까브에 보관된 와인 병의 숫자를 세고 있었다. 저 병 속에 들어 있는 와인 맛은 어떨까. 변질되지는 않았을까. 레드 와인도 저 정도 세월이면 빛이 바래 화이트 와인처럼 황금색을 띤다는데 사실일까. 와인은 보통 가격만큼 보관할 수 있다는데, 가장 최근 빈티지도 200만 원을 호가하는 샤또 마고의 와인은 200년이 지나도 변하지 않고 그대로일까. 만약 저것을 값으로 환산한다면 얼마나 될까. 저 와인을 마시는 운명의 주인은 누가 될까. 철창 너머로 와인들을 보면서 별의별 생각을 다 해봤다.

투어를 마친 후 그토록 손꼽아 기다리던 테이스팅 시간이 돌아왔다. 가이드가 2003년 빈티지를 개봉해 관람객에게 조금씩 따라줬다. 조금이라도 더 받을 수 있으면 좋으련만, 그녀의 손은 저울처럼 정확하게 와인잔마다 같은 양의 와인을 따랐다. 와인잔을 들어 햇빛에 비춰봤다. 와인이 샘물처럼 투명하다. 와인 한 모금을 물고 입에서 굴러봤다. 제비꽃 향이 화사하게 퍼진다. 무겁지 않지만 그렇다고 가벼운 것도 아닌 무게감에 아직은 시간이 필요한 듯 신선한 맛이 느껴졌다. 무엇보다도 어느 한쪽으로 치우치지 않은 균형감은 이전까지 맛본 와인들과 확연하게 구별됐다.

한 모금을 꿀떡 삼켰다. 누가 와인을 테이스팅할 때는 도로 뱉는다고 했나. 열 잔을 테이스팅한다 해도 나는 다 마실 것이다. 샤또 마고의 와인을 뱉는 일은 결코 있을 수 없다. 나는 와인잔에 남은 마지막 한 모금까지 털어넣고, 어쩌면 이 생애 다시 맛볼 수 없을지도 모를 샤또 마고의 맛을 뇌리에 깊게 깊게 각인시켰다. 까브에서 봤던 1917년산 샤또 마고 와인까지도.

Summer
Wine

처음에는 '와인'이라는 두 글자가 있어 무작정 「Summer Wine」이라는 곡을 뮤직박스에 퍼 담았다. 와인에 한창 빠져있을 때라 와인을 테마로 하는 것이면 노래든, 영화든 모조리 섭렵하려고 덤벼들었다. 그래서 와인의 도시 보르도 여행을 준비하며 우선 이 노래부터 챙겼다. 여름 햇살이 뜨거운 보르도의 포도밭을 거닐며 이 노래를 들으려고 했다. 지롱드강에 오렌지빛 석양이 물들 때도 이 노래를 들으며 와인의 기쁨을 누리고 싶었다.

「Summer Wine」은 남녀가 주고받으며 노래를 이끌어간다. 호소력 짙은 사내의 목소리가 차분하게 깔리면서 리듬은 행진곡처럼 박진감이 넘친다. 반주를 맞추는 탬버린의 경쾌한 리듬도 잘 어울린다. 노랫말은 요염하다. 여름날의 와인을 찬미하는 것처럼 보이지만 사실은 와인의 치명적인 유혹에 대해 노래한다. 그래서 포도로 담근 와인이 아니라 관능적인 느낌이 물씬한 딸기와 체리 같은 붉은 열매로 빚은 것이다.

이브가 아담에게 권했던 금단의 열매처럼, 여인은 딸기와 체리로 빚은 와인으로 말을 타고 온 사내를 유혹하고 여인의 유혹을 뿌리치지 못한 사내는 와인에 취해 잠이 든다. 사내가 잠에서 깨어났을 때는 은빛 박차도 돈도 모두 없다. 와인을 권하던 여인이 모두 가지고 가버린 것이다. 홀로 남겨진 사내에게 남겨진 것은 오직 와인에 대한 갈망뿐.

Fireworks
by Katy Perry

밴쿠버

VANCOUVER

내 인생의 화양연화

잉글리시 베이에서
그들처럼

저녁을 먹은 후 어슬렁어슬렁 산책을 나서도 세상은 아직 환했다. 게이들이 많이 찾는 데이비 스트리트Davie St.를 가로질러 언덕을 내려서자 잉글리시 베이English Bay에 닿았다. 태평양이 만 깊숙이 치고 들어와 밴쿠버 다운타운과 만나는 곳. 바다라 하기엔 물결이 너무 잔잔한 곳. 저녁놀이 물들기 시작한 바다를 향해 미끄러지는 요트의 행렬이 보였다. 괜시리 가슴이 벅찼다.

밴쿠버에서 꼬박 일 년을 살았다. 집 팔아 떠난 휴가였다. 내 인생에 이런 휴가는 다시 없을 거라 작정을 하고 떠났다. 그때 그렇게 오랜 휴가를 가져야 할 이유가 있었던 것은 아니다. 그렇다고 딱히 앞날에 대한 계획이 있었던 것도 아니다. 그저 다른 세상에서 살아보고 싶은 욕망만이 가득했을 뿐이다.

밴쿠버에서 보낸 일 년간의 긴 휴식에서 매일 같이 나를 감동시킨 것은 잉글리시 베이였다. 나는 이곳을 진정으로 사랑했다. 하루에 한 번씩 그곳에 가지 않으면 견딜 수 없을 만큼 좋았다. 그곳에는 낯선 도시를 찾아온 여행자의 로망과 레지던트의 휴식이 공존했다.

잉글리시 베이를 따라 아름다운 산책로가 나 있다. 해변으로 난 길은 스탠리 파크Stanley Park로 이어진다. 스탠리 파크는 뉴욕 맨해튼보다 크다는 세계 최대의 도심 속 공원이다. 공원이라고 해서 숲이 빈약할 것이라 생각하면 곤란하다. 이 숲은 곰이 살 만큼 우거졌다. 몇 사람이 손을 맞잡아도 부족한 어마어마한 크기의 나무들이 어울려 깊은 숲을 이루고 있다.

잉글리시 베이 산책은 사람 구경하는 재미가 있다. 오후 햇살이 들면 젊은이들은 웃통을 벗고 해변에서 배구를 즐긴다. 여행자들은 온몸을 파묻고도 남을 만큼 덩치가 큰 나무(해변에 널려 있다)에 기대어 쉬며 반짝반짝 빛나는 밴쿠버를 마음 속에 꾹꾹 담는다. 몇몇은 정신없이 사진을 찍으며 추억 만들기에 여념이 없다. 여행정보를 꼼꼼하게 챙긴 이들은 카누를 타고 조용히 바다를 가르는 재미도 느껴본다.

여행자에 비하면 레지던트들은 한결 여유가 넘친다. 그들은 체크무늬 타월을 해변에 펼쳐놓고 누워서 책을 읽는다. 산책로를 따라 걷고, 뛰고, 자전거를 타고, 스케이트보드를 밀고, 유모차를 끌고 다닌다. 레지던트가 몰려드는 시간은 오후 일곱 시 이후. 퇴근 후 저녁까지 먹고 나서도 밖은 아직 초저녁이다. 저녁 해는 싱싱한 햇살을 쏟으며 수면보다 두 뼘도 높은 하늘에 걸려 있다. 적어도 오후 열 시까지는 밴쿠버를 환하게 비춰줄 것이다. 저녁나절이면 요트 선착장을 나선 배들도 먼 바다로 뱃놀이를 즐기러 하나둘씩 떠난다. 그들은 백야 같은 밤을 보내다 돌아올 것이다.

나는 그들처럼 사는 게 좋았다. 하룻밤 머물다 떠나는 여행자가 아니라 레지던트로 살아보는 게 행복했다. 익숙한 풍경에 더는 심장이 뛰지 않더라도, 짧은 추억을 뒤로 한 채 귀국행 비행기를 타야 하는 여행자의 아쉬움 따위는 없으니까 그게 좋았다. 매일매일 감격해하지 않지만, 눈부신 모든 날이 보통의 일상인 하루. 나에게는 그런 내일, 또 내일이 있었다. 나는 레지던트 여행자니까.

나는 뼛속까지 레지던트이고 싶었다. 지금껏 누리지 못했던 이 평화로운 삶을 원 없이 누리고 싶었다. 통장의 잔고는 점점 줄어들고, 1만 원에 육박하는 담뱃값이 조금 고통스럽기는 했지만, 나에게는 잉글리시 베이가 있었다. 잉글리시 베이만 가면 모든 게 잊혔다. 레지던트와 함께 걷고, 뛰고, 책을 읽다 보면 내 속의 불안과 고통은 사라졌다. 물론, 온종일 는개비가 내리는 겨울의 '레인쿠버(비 오는 날이 많은 밴쿠버의 겨울을 Raincouver라 부르기도 한다)'는 조금 힘겨웠다. 하지만 여름날의 기억은 겨울의 우울조차 가볍게 떨쳐준다.

지금도 선하다. 붉은 잉크를 풀어놓은 것처럼 저녁놀에 물든 그 해변. 그들처럼 걷고, 뛰고, 책을 읽던 시간들. 내 인생의 화양연화.

생의 절정을 향한
축포

7월의 마지막 금요일 밤. 잉글리시 베이로 가는 모든 길이 막혔다. 아니 인파에 점령당했다. 사람들은 모든 도시 곳곳에서 꾸역꾸역 몰려들었다. 맥주와 샴페인을 가득 실은 요트도 조용한 바다를 미끄러져와 잉글리시 베이 앞에 집결했다. 여름 한 달간 매주 금요일에 열리는 불꽃놀이를 위한 모든 준비가 끝났다.

주홍빛 노을이 코발트빛 미명에 자리를 내줄 때, 기다림에 지친 이들이 살짝 주리를 틀려고 할 때쯤 펑~ 하늘에 꽃이 폈다. 바다 위에 떠 있던 무대에서 불꽃을 쏘아올리자 검푸른 하늘에 오색불빛이 수놓아졌다.

펑~파바바바바방~

리듬을 타며 수십 발의 축포가 쏘아 올려졌다. 시간이 갈수록, 자정이 가까워질수록 불꽃은 화려함을 더했다. 절정을 향해 달리는 오케스트라처럼 클라이맥스를 향해 치달아갔다. 마지막은 몇 개의 폭죽이 터졌는지 헤아릴 수조차 없었다. 압도적인 피날레였다. 그저 흥분의 도가니라고 표현할 수밖에.

불꽃처럼 살다 간다는 것이 이런 것일까. 세상의 모든 에너지를 다 쏟아붓고, 그것들이 한데 엉켜 폭죽처럼 터지는 인생. 치열했던 삶의 에필로그처럼 하염없이 흘러내리다 가뭇없이 사라지는 불꽃들. 아! 밴쿠버의 밤이여! 불꽃놀이 같은 삶이여!

가을이
오고

찬란한 여름이 가고
소슬한 바람을 따라 가을이 왔다.
잔바람에도 내 몸이, 마음이 심하게 흔들렸다.
떠나온 곳을 그리워하는 중이다.
그럴수록 내가 흔들릴수록
기를 쓰고 밖으로 나갔다.
걷고 뛰고 산책하고 책을 읽고
노천카페에서 커피를 마시며
점점 짧아지는 가을 햇살에 몸을 맡겼다.
여전히 나는 여행자가 아닌,
레지던트가 되고 싶었다.

머물 수 없는
사람들

떠나는 삶은
부평초처럼 떠도는 삶은 언제나 우수憂愁와 함께 한다.
헝가리의 집시처럼
세상을 등진 아메리카의 히피처럼
신의 거처를 찾아 나선 히말라야의 순례자처럼
평원에 한 점이 되어버린 유목민처럼
정착할 수 없는 사람들의 가슴에는
단조의 처연한 선율이 안단테로 흐른다.
내 몸에도 그 피가 흐른다.

그리워할 줄 알면서도,
견딜 수 없는 외로움에 부르르 몸을 떨며
한밤을 지새울 걸 알면서도
머물 수 없는 사람들.

길을 떠난다는 것은
중심에서 멀어진다는 것은
처음으로 돌아가고 싶은 마음이다.

먼먼 길을 돌다 보면
숱하게 찾아 헤맸던 파랑새를
마침내 처음자리에서 만나듯
길은 언제나 제자리로 돌아오기 마련이다.

멀리 떠날수록 우리는 조금 더 처음에 가까워진다.
별을 볼 때마다
어둠 속에서 생보석처럼 밝게 부서지는 별무리를 볼 때마다
나는 언제나 우주의 시작이 궁금했다.
시간이라는 것
순간과 영원이 종잇장 하나를 마주하고 있는 것에
불과하다는 사실은
더욱 궁금증을 부풀게 한다.
내가 온 곳을
삶이 시작된 곳을 안다면
돌아갈 때 조금이나마 마음이 편안해지지 않을까.
부질없는 바람을 가져본다.

길은 언제나 내 앞에 있고
나는 주저 없이 그 길을 간다.
이 방랑이 내 시원을 향해 걷는 길이라 믿으며
그리움쯤은 적당히 우그려 가슴에 품고
쉼 없이 하늘 길을 걷는 별처럼
그렇게 길을 간다.

Dong Nin Ching (영웅본색 OST)

by Cheung Kwok Wing

홍콩

HONG KONG

굿바이, 장국영
우리들의 영원한 영웅

나를 열망케 한
친구여

누구에게나 친구는 있다.
지금은 무엇이 되었는지조차 알 수 없는
밤하늘의 별만큼이나 아득한 세월 저편의 친구.

그 시절 우리는 아무것도 필요치 않았다.
곁에 있으면 좋을 뿐
허망한 미래 같은 것은 중요하지 않았다.
어디를 향해 달려가는지 몰라도
무엇을 하려는지 몰라도
친구가 가는 길이면 기꺼이 동행이 됐다.
친구가 하는 일이 곧 나의 일이었다.

대부분은 기성세대에 대한 터무니없는 반항,
허무한 결말이 될 게 분명한 질주였지만
우리들은 개의치 않았다.
우리들의 사전에는 의리 우정 맹세 같은 말들이
뜨겁게 자리했다.

어른을 흉내내고
이유 없이 반항하고
중심에서 벗어나려 했던
그 시절을 돌이켜보면
철부지들의 불장난 같다가도
되묻게 된다.

살아오는 동안
이토록 사람에게 진솔했던 적이 있었는가.
이토록 누군가를 열망한 적이 있었는가.
이토록 순수한 마음을 나눴던 적이 있었는가.

다시 그 시절로 돌아간다 해도
같은 일기를 쓸 것 같다.
그날의 친구들을 떠올릴 때마다
이토록 가슴이 먹먹해지는 것을 보면
청춘의 뒷골목은 결코 헛되지 않았다.

누구에게나 있던 그 시절의 친구,
당신의 친구는 지금 어디서 무엇을 하고 있을까.

영웅
본색

누군가 당신은 무슨 세대냐고 묻는다면 영웅본색 세대라고 당당히 말하겠다. 우리들의 사춘기는 홍콩 느와르의 절정에 섰던 영화 〈영웅본색〉과 함께 활짝 피었다. 그 시절의 우리들은 사나이들의 거친 세계를 마음껏 펼치던 영화 속 주인공을 한없이 동경했다. 그들에게는 진한 남자의 향기가 났다. 남자라면 그들처럼 의리에 죽고 의리에 살아야 한다고 믿었다. 그들은 영화배우이기 이전에 동네 아는 형처럼 친근하게 다가왔다. 그들이 바로 장국영과 주윤발이다.

친구 사이에서도 두 사람에 대한 호불호는 분명히 갈렸다. 앳된 얼굴에 몸이 여리여리한 장국영을 좋아하는 친구가 있었는가 하면, 남자 중의 남자 주윤발에 열광하던 친구도 있었다. 특히, 〈영웅본색〉에서 보여준 쾌남 주윤발의 남성미는 절정 그 자체였다. 바바리코트에 성냥개비를 물고 나타난 주윤발은 그해 겨울 한국의 거리를 휩쓸었다. 아이들은 주윤발 흉내 내기에 바빴다. 어떤 친구는 위조지폐에 불을 붙여 담배를 피우던 주윤발을 보고 실제 지폐에 불을 붙여 담배를 피우기도 했다. 머리끝에서 발끝까지 주윤발을 따라하고 싶었고, 그처럼 되고 싶던 시절이었다. 고등학교 졸업식 날 담임선생님의 만류에도 불구하고 발목까지 오는 코발트빛 코트를 입고 연단에 올라 상장을 받았던 것도 다 주윤발 때문이었다.

장국영,
그가 떠나다

2003년 4월 1일 만우절.
당연히 거짓말일 거라고
누군가 만우절에 장난친 거라고 말하던 그날
장국영은 거짓말처럼 떠났다.

그의 죽음과 함께
더 이상 청춘은 현재진행형이 아니란 것에
그 시절의 우리로 돌아갈 수 없다는 것에

동의했다.

홍콩의
밤

여기는 홍콩 스타의 거리. 벌써 몇 번째 이 거리를 왕복해서 걷고 있는지 모른다. 장국영의 손도장을 찾고 있지만 보이지 않았다. 내 젊은 날의 우상이 남긴 마지막 흔적을 보려고 애써 찾아온 여행이었다. 하지만 수많은 홍콩 배우들의 핸드 프린팅 가운데 그의 손도장은 없었다. 아니 내 눈에만 띄지 않는 것이다.

해가 졌다. 어둠의 긴 행렬이 연극이 끝난 무대의 장막처럼 내려왔다. 이제 잠시 후면 우리의 낮보다 아름답다는 홍콩의 밤이 찾아올 것이다. 홍콩의 마천루들은 벌써부터 오색불빛으로 물들고 있다. 침사추이Tsim Sha Tsui 앞 바다는 그 불빛을 받아 홍조를 띄고 있다.

소호Soho를 거닐었다. 도시는 완벽한 어둠에 휘감겼다. 비좁은 거리를 네온사인이 가득 채웠다. 불야성을 이룬 간판의 사진 속 여자가 차가운 눈길을 보냈다. 사람들은 몰려왔다 다시 밀려갔다. 그 흘러가는 인파 속에서 문득 미소를 머금은 장국영이 서 있다. 그러나 이내 장국영의 환영은 사라지고 다시 사람들의 물결만 끝없이 밀려왔다 사라졌다. 란콰이펑Ran Kwai Fong은 자정이 가까웠지만 여전히 북적거렸다. 홍콩에서 가장 사람 냄새 나는 거리다. 골목에 펼친 노점에 홍콩의 젊은이들과 외국 여행자들이 뒤엉켜 있었다.

처음인데도 그 골목이 눈에 익었다. 영화를 통해 보았던 홍콩이 그곳에 있었다. 클럽과 술집이 밀집한 비좁은 골목에 다시 사람과 택시가 한데 엉켜 조금은 무질서한, 어디선가 탕탕탕탕 총소리가 들리며 우리의 영웅들이 튀어나올 것 같은 분위기다. 하지만 아무리 돌아봐도 없다. 장국영은 없다. 주윤발도 없다.

골목 끝 계단이 시작되는 자리에 있는 노천카페에서도 가장 안쪽 자리, 나트륨 가로등이 노란 불빛을 쏟아내는 테이블을 차지했다. 종업원이 차갑게 식힌 산미구엘 맥주를 가져왔다. 나는 맥주병째 들고 허공에 건배했다.

내 젊은 날의 영웅을 위하여!
다시 돌아오지 않을 청춘을 위하여!

남아프리카

SOUTH AFRICA

블루 트레인을
타다

Blue Train
by John Coltrane

케이프타운역
24번 플랫폼

A Window To The Soul Of South Africa(남아프리카 영혼을 보는 창).

남아프리카 공화국 케이프타운역 블루 트레인 전용 24번 플랫폼에 새겨진 문구다. 파란 바탕에 유려한 황금색 필치로 B자가 써진 문을 밀고 들어가자 라운지가 나왔다. 밖에서는 전혀 예상치 못한 호화로운 분위기였다. 소파에 몸을 맡긴 중년 백인의 얼굴에는 기차여행에 대한 설렘이 묻어난다. 이들은 지금 남아프리카의 심장으로 가는 기차를 기다리고 있다.

블루 트레인Blue Train. 90여 년간 세계 부호들의 사랑을 받아온 호화열차다. 영국의 오리엔탈 특급, 인도의 황실열차와 함께 세계 3대 호화열차로 꼽힌다. 넬슨 만델라, 마이클 잭슨 등 숱한 유명 인사들이 이 기차를 타고 아프리카를 여행했다. 지금도 황혼의 백인들은 '일생의 로망'으로 블루 트레인에 오르는 순간을 손꼽는다.

블루 트레인은 아프리카 황금광 시대의 산물이다. 1880년 다이아몬드와 황금 광산에서 큰 돈을 번 영국인 세실 존 로더가 아프리카 종단열차를 계획하고 철도를 부설하기 시작했다. 그러나 종단열차는 아프리카의 악조건을 극복하지 못하고 케이프타운Capetown부터 빅토리아Victoria 구간만 완성했다. 블루 트레인이 등장한 것은 1928년. 본래 다른 이름이 있었지만 코발트색 외관 덕택에 블루 트레인이라 불리다

1946년 '더 블루 트레인The Blue Train'으로 공식 개명됐다.

블루 트레인 전체 차량은 18량. 여기에는 객실과 라운지, 레스토랑, 전망차, 기관차, 승무원 전용차, 기프트 숍 등이 포함되어 있다. 최고속도는 110km. 케이프타운에서 프레토리아까지 1,602km를 27시간 동안 달려간다. 블루 트레인은 최대 84명의 승객이 탑승할 수 있다. 승무원은 25명. 기차 한 량에 객실은 4개뿐이다. 일주일에 편도 3회 운행하는 것이 전부라 돈이 있어도 탈 수 없다. 이용객의 90% 이상은 유럽에서 온 백인들이다.

블루 트레인은 움직이는 호텔로 불린다. 레스토랑에서 풀코스로 제공되는 식사는 오성급 호텔 이상이다. 에프터눈 살롱에서는 홍차가, 클럽 라운지에서는 쿠바산 시거와 프랑스산 꼬냑, 스코틀랜드산 위스키가 무제한으로 제공된다. 객실은 고급스런 체리목으로 꾸며졌다. 밤에는 침대로 변하는 소파와 테이블, 정장을 넣을 수 있는 옷장, TV, 전화기 등이 갖춰져 있다. 승무원과 통화는 물론, 국제전화가 가능한 전화기와 두 개 채널에서 열 개의 영화가 쉼 없이 방영되는 TV가 있다. 객실 내 화장실에는 비누와 샴푸, 목욕타월까지 세심하게 갖추어져 있다. 기프트 숍에서는 다이아몬드 목걸이 같은 보석을 판매한다. 언어는 영어, 불어, 스페인어 등 11개 국어로 서비스된다. 27시간 타고 가는 블루 트레인 티켓 가격은 200만 원.

기차는 소리도 없이 케이프타운역을 출발했다. 체리목으로 고풍스럽게
장식된 객실에는 소파 두 개와 백합이 든 꽃병이 놓인 테이블이 있다.
차창 앞쪽으로 거울이 있어 마치 기차 한 량이 통창으로 된 느낌이다.
객실 한편에 체크인과 함께 승무원이 들여놓은 여행 가방이 있었다.
저녁 만찬에 입을 정장은 옷장에 걸고, 짐은 선반 위에 올린 후 소파에
몸을 묻었다. 레일 위를 달리는 기차의 부드러운 진동이 느껴졌다. 식
민시대 상류사회에 완벽한 사교 시간을 제공했던 기차. 그 호사스러운
시절을 상상하다 까무룩 잠이 들었다. 피곤했던 것이다. 이 기차를 타
려고 인천에서 케이프타운까지 비행기를 네 번 갈아탔으며, 꼬박 36시
간이 걸렸다.
와인 밸리를 지나자 사바나의 대평원에 접어들었다. 메마르고 단내나
는 땅이 끝도 없이 펼쳐졌다. 가끔 너무 허전하다 싶으면 외딴집 한두
채가 평원 가운데서 외롭게 나타났다 사라졌다. 다시 눈꺼풀이 무거워
졌다.

토닥토닥 토닥토닥

레일 위를 달리는 바퀴의 부드러운 울림이 잠을 부른다. 아이를 재우
는 자장가처럼 거부할 수 없는 달콤함이 밀려온다.

기차는 마티에스폰테인Matjiesfontein역에 닿았다. 27시간의 기차여행에서 유일하게 정차하는 곳이다. 기차 안에서만 지내는 것이 갑갑했을 여행자를 위한 배려다. 기차는 이곳에서 45분간 정차한다. 승객들은 기차에서 내려 신선한 공기를 쐬고, 기분전환을 한다. 또 식민지 시절에 건설된 영국풍의 거리를 거닐며 잠시 과거로 시간여행을 떠난다.

그는 낡은 트럼펫을 들고 나왔다. 트럼펫이라 부르기에는 너무 초라한 낡고 작은 황동색 나팔. 이 나팔이 그의 밥줄이다. 이틀에 한 번 꼴로 오는 기차, 주어진 시간은 단 45분! 그동안 사람들의 마음을 움직여야 한다. 여행자의 뇌리에 저장된 향수를 자극하고 그들의 동정심을 불러 일으켜야 한다. 그렇다고 너무 가난한 티를 내서는 안 된다. 인생 최고의 여행을 즐기는 이들의 고무된 기분에 살랑살랑 날아가는 깃털 하나 없는 정도면 충분하다. 혹여 나팔 소리를 귀찮아하는 이가 있다면 미련 없이 돌아서야 한다. 한 사람의 여행자도 노여워해서는 안 된다. 그들이 모두 기차에 오르고 떠나는 순간까지 활짝 웃는 얼굴로 손을 흔드는 것도 잊지 않는다.

지구 반대편, 낡은 트럼펫 연주자의 삶이다.

저녁을 알리는 안내방송이 나왔다. 80여 명의 승객들은 두 개 조로 나뉘어 식사를 한다. 식사 시간은 두 시간. 풀코스 요리를 천천히 즐겨도 넉넉하다. 저녁 만찬은 특별하다. 모든 승객은 정장을 입어야 한다. 남성은 넥타이에 양복, 여성은 치마가 필수다. 승무원도 양복을 갖춰 입고 서빙을 한다.

저녁은 샴페인과 와인, 전채요리에서 메인 요리와 디저트까지 풀코스로 나왔다. 블루 트레인에서 가장 행복한 시간이다. 상류사회의 일원이 된 것처럼 융숭한 접대를 받는 기분, 참 특별하다. 해는 오래전에 졌지만 사바나의 초원 위로 검붉은 노을이 오래도록 물들어 있다. 차창 아래 갓을 씌운 전등에서 은은한 불빛이 흘러나와 마주 앉은 이의 얼굴에도 홍조를 띠게 한다. 만찬을 끝내도 아쉬움은 남는다. 이렇게 낭만적인 밤에 일찍 잠자리에 든다는 것은 멋을 모르는 사람이라고밖에 말할 수 없다. 클럽 라운지로 가는 통로의 불빛은 길을 안내할 만큼의 밝기만 유지하며 차분하게 가라앉았다. 사바나의 검붉은 노을은 아직도 차창에 물들어 있다. 클럽 라운지에서는 존 콜트레인이 연주하는 「Blue Train」이 흘러나왔다. 현란한 색소폰과 트럼펫에 취해 코냑을 홀짝이며 쿠바산 시거를 문다. 이 밤을 두고 어떻게 잠들 수 있을까. 오늘 밤만큼은 시간이 더디 흐르길.

객실 매니저 안젤라가 저녁을 먹는 동안 잠자리를
봐놨다. 소파와 테이블이 사라지고 그 자리에 트윈
침대가 놓여 있다. 벽에 세워져 있던 침대를 아래로
내려놓으면 소파는 침대 밑으로 들어간 것이다. 아
무렇게나 벗어놓은 옷과 가방도 한쪽 벽면에 가지런
히 정리됐다. 생수 두 병이 머리맡에 놓여 있고, 읽
던 책은 전화기 아래 콘솔 박스에 넣어 놨다. 객실이
완벽하게 침실로 탈바꿈했다.

부드러운 울림을 자장가 삼아 달콤한 잠을 자고 난 아침. 지평선 위로 노을이 물들었다. 집과 나무도, 인적도, 산도 없는 끝없는 사바나를 황금빛 아침 노을이 적시고 있다.

햇살이 밀려드는 레스토랑에서 아침을 먹고 돌아왔을 때는 다시 객실이 말끔히 치워져 있었다. 밤새 포근한 잠자리를 제공했던 침대는 온데간데없고, 소파가 다시 자리를 차지했다. 테이블 위에는 백합이 꽂힌 꽃병이 놓여 있고, 생수와 작은 선물이 있다. 하나는 블루 트레인을 탔다는 것을 증명해주는 확인서다. 파란색 케이스에 들어 있는 묵직한 선물은 스테인리스로 만든 사진첩이다. 블루 트레인의 서비스는 마치 퍼즐을 맞추듯 완벽하게 짜여 돌아가고 있었다.

PM 1시

시작도 끝도 없는 아프리카의 초원을 보다 깜빡 잠이 들었다. 꿈결처럼 아득한 목소리가 들렸다. 기차가 종착역에 닿는다는 것을 안내하는 차장의 멘트였다. 예정보다 30분 연착됐다. 안젤라가 밝게 웃으며 여행 가방을 받으러 왔다. 기차는 천천히 빅토리아역으로 접어들었다. 꿈만 같던 27시간의 기차여행이 끝나고 있었다.

Cold Wind Blowing
by Maximilian Hecker

알래스카

ALASKA

백야,
푸른 빛을 향한 갈망

백야,
그리고 불면증

밴쿠버를 떠난 지 일주일. 마침내 알래스카 국경을 넘었다. 일주일 동안 3,000km를 달렸다. 어느 날은 꼬박 열네 시간을 운전했다. 원했다면 더 달릴 수도 있었다. 하지夏至를 맞는 북극은 좀처럼 밤이 깊어지지 않았다. 자정이 가까워도 여름 해는 지평선에 닿는 것을 거부했다. 알래스카 여름의 평균 낮 시간은 19.5시간. 4시간 30분을 제외하고 온종일 해가 머리 언저리에서 논다. 그러나 이 수치는 정확하지 않다. 이것은 지평선으로 해가 사라지고 뜨는 것을 기준으로 한 것이다. 해가 지고도, 동이 트기 전에도 하늘은 완전히 어두워지지 않는다. 아니 환하다. 결국 어둑어둑한 두 시간을 제외하고는 주변이 훤하다. 해는 잠시 지평선에 몸을 기댔다가 다시 창공으로 튀어 올라왔다. 좀처럼 잠을 이루기 힘든, 불면의 밤이 기다리고 있었다.

알래스카를 무대로 한 영화 중에 〈인썸니아Insomnia〉가 있다. 이 영화는 낭만적인 백야의 이면을 보여준다. 알래스카 작은 마을에서 의문의 살인사건이 발생하고, 이 사건을 해결하기 위해 LA에서 유능한 형사 도머(알 파치노 분)가 날아온다. 그는 알래스카에 도착한 첫날 유력한 용의자를 발견하고 당장 그와 대면할 것을 요구한다. 이때 지역 보안관들은 웃음을 터트린다. 그때가 밤 열한 시였기 때문이다. 도머는 알래스카의 백야를 미처 몰랐던 것이다. 이 후 그는 사건의 단서들을 하나둘씩 풀어가지만 대낮같이 환한 밤 때문에 좀처럼 잠을 이루지 못한다. 그 와중에 자욱한 안개 속에서 범인을 쫓다 실수로 동료를 쏘고 만다. 그리고 살인자는 그 장면을 목격한다. 도머는 살인사건의 실체에 가깝게 다가가지만 범인은 그의 실수를 미끼로 흥정을 제안한다. 결국 최후의 순간 맞닥트린 두 사람은 서로의 가슴에 총알을 박고 쓰러진다. 도머는 죽어가면서 한마디 말을 남긴다.

"이제 그만 자고 싶다!"

알래스카의 여름은 인썸니아처럼 비극적이지 않다. 오히려 그 반대다. 생명이 있는 모든 것들을 위한 축복이다. 모든 생명은 짧은 여름 동안 자연이 베푼 축제를 즐긴다. 꽃들은 보름 동안 피고 지고 열매를 맺으며 다음 세대를 기약한다. 연어는 강물을 거슬러 올라 모천에 알을 낳으며 힘겹게 생태계의 순환 고리를 돌린다. 회색곰은 회귀하는 연어로 배불리 배를 채워 기나긴 겨울잠에 대비한다. 알래스카 사람들도 곰과 함께 연어사냥에 나선다. 살만 발라 꽁꽁 얼려둔 연어는 겨울 내내 식탁에 오를 것이다.

강가에서는 자정이 가깝도록 바비큐 파티를 연다. 아이들은 해가 지지 않는 밤이면 지치도록 논다. 노란 저녁 햇살이 타는 숲에서 아이들의 웃음소리가 끊이질 않는다. 여행자에게도 알래스카의 여름은 축복이다. 몸이 견뎌만 준다면 24시간 내내 여행할 수 있다. 모기란 놈이 성가시게 하는 것을 제외하면 언제든지 자연으로 뛰어들 준비가 되어 있다. 한낮 햇살이 따갑지만 만년설과 빙하를 훑고 내려온 바람은 서늘하다. 가히 찬란한 생명의 계절이다.

연어의
꿈

연어가 어떻게 자신이 태어난 모천으로 돌아오는지는 정확히 알 수 없다. 해류를 타고 온다거나 지구의 자기장을 감지해 회유한다거나 태양의 위치와 체내시계를 이용해 돌아온다고 추측할 뿐 어느 것도 확실한 것은 없다. 다만, 여름이면 알래스카로 드는 강과 계곡마다 태평양을 헤엄쳐 온 연어들이 몰려온다. 연어가 모천으로 가는 길은 험하다. 먼 바다에서 저인망의 그물을 휘젓는 어선, 강가에 뜰채를 들고 선 사람들, 먹음직스러운 가짜 미끼로 유혹하는 낚시꾼, 앞발을 들고 군침 흘리며 노려보는 곰, 하늘에서 갑자기 떨어져 연어를 낚아채려는 독수리까지! 그러나 여기가 끝이 아니다. 모천으로 가려면 폭포도 타넘어야 한다. 폭포를 넘지 못하면 몸이 부서질 때까지 계속, 계속 시도한다. 다음 대를 잇기 위한 일념으로 마지막 삶을 불태운다. 연어는 실패를 모른다. 모천으로 돌아가는 것을 포기한다면 이미 연어가 아니다.

그 모든 관문을 통과해 모천으로 돌아오는 연어는 1.5%. 5천 개의 알에서 깨어난 연어 가운데 75마리만이 모천으로 돌아온다. 모천에 닿은 연어의 몸은 너덜너덜하다. 물살에 바위에 부딪쳐 살점이 패이고 지느러미는 찢어진다. 연어에게는 더 남아 있는 힘이 없다. 그러나 아직 할 일이 남아 있다. 다음 세대를 잇는 숭고한 일이 남아 있는 것이다. 세상의 모든 고난을 다 헤치고 돌아온 연어의 꿈은 오직 그것이다.

알래스카

청춘은 불안하다. 존재하는 것만으로도 가치가 있으나 위태롭다. 모든 게 불확실하다. 영화 〈알래스카〉에 나오는 십대들. 그들도 위태로운 길목에 서 있다. 영화는 물과 기름처럼 사회의 언저리를 부유하는 아웃사이더들을 따라간다. 그들이 머무는 공간, 시종일관 낙서와 철 구조물이 등장하는 회색빛 도시는 알래스카 빙하 밑으로 흐르는 물처럼 차갑다. 그곳에서 질풍노도에 자신을 내맡긴 십대들은 타인이나 혹은 자신을 향한 증오를 퍼붓는다.

〈알래스카〉는 서베를린에 살고 있는 십대 열두 명을 캐스팅해 연기가 아닌 실제 생활을 카메라에 담았다. 연기 경험이 전혀 없는 아마추어들, 그들이 토해내는 감정 한 올까지 날 것 그대로 담았다. 이 영화를 빛내주는 것은 감미로운 음악. 독일 최고의 싱어송 라이터로 불리는 막시밀리안 헤커Maximilian Hecker가 부른 「Cold Wind Blowing」이 차가운 벨벳 스카프처럼 목을 휘감는다. 노래는 사랑에 눈 뜬 소녀의 떨리는 마음이 바람결에 실려 온 것처럼 부드럽게 귓가에 속삭인다. 때로는 첫 키스 순간에 요동치는 심장 박동소리처럼 쾅쾅 울린다.

둥둥둥둥둥 지기징징징징징
둥둥둥둥둥 지기징징징징징

독일의 도시를 무대로 만든 영화인데, 왜 하필 제목이 알래스카일까?
십대가 머무는 그곳, 살얼음판을 걷는 듯한 불안한 인생의 한 지점 그
곳이 알래스카일까.

"알래스카에서도 길을 잃으면 파이프라인을 따라 간대."

-영화 〈알래스카〉 중에서-

차가운 바람이 불고 있어

차가운 얼음이 흩날려

빛은 푸르게 갈망하고

내 심장은 뛰지 않아

그곳에 숨을 곳은 없어

그곳에 숨을 곳은 없어

「Cold Wind Blowing」 중에서

마얀마

M Y A N M A R

가도 가도 끝없는 만달레이 가는 길

The Road To Mandalay
by Robbie Williams

몰입

양곤Yangon 골목에서 만난 한 아이가 뚫어져라 쳐다본다. 이방인에 대한 호기심이 동그랗게 뜬 두 눈에 가득하다. 아이의 시선을 피하지 않았다. 나도 그 아이의 눈에서 눈을 떼지 않고 마주 바라봤다. 그 순간, 아이의 눈이 무한대로 확장되면서 나를 빨아들였다. 그 아이의 검은 눈동자는 빛을 빨아들이는 강력한 흡입력을 가진 블랙홀처럼 나를 자신의 눈 속으로 끌어당겼다.

저 아이도 그걸 느꼈을까. 지금 자신이 낯선 존재를 제 눈 속으로 빨아들이고 있다는 것을. 자신 또한 이 낯선 존재의 눈 속으로 빨려들어 갔다는 것을. 눈과 눈이 마주쳐 서로의 눈 속으로 빨려들어 가는 일, 이건 몰입이다. 머릿속의 모든 생각은 말끔히 지워지고, 오직 나를 빨아들이는 그 검은 눈동자에만 정신이 팔리는 것, 이건 완벽한 몰입이다.

누군가를 향한 깊은 시선, 가끔은 이런 몰입의 기쁨을 누리고 싶다. 그대에게도 아니 생애 단 한 번 스쳐가듯 만나는 사람일지라도. 눈과 눈이 마주치는 그 순간만큼은 어떤 존재에게든 진실해지고 싶은 것이다.

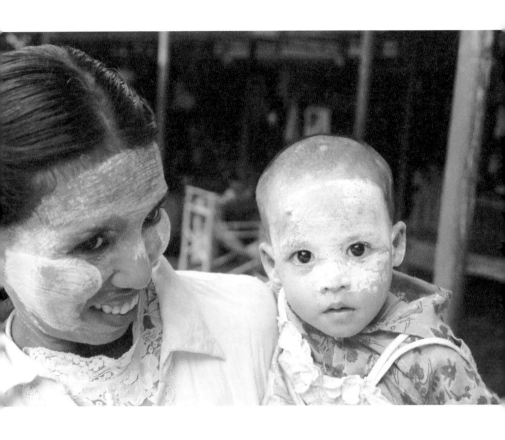

꼰 파는
남자

한 번 해볼래?

사내의 눈빛은 꼭 그렇게 물어보는 듯했다. 이 사내는 꼰을 팔고 있다. 꼰은 씹어 먹는 담배다. 마약 성분이 있는 가루를 곱게 개어 생 담뱃잎에 싸서 껌처럼 씹다가 뱉어버린다. 꼰은 미얀마의 성인 남녀라면 누구나 좋아한다.

꼰은 결코 몸에 이로운 심심풀이 땅콩이 아니다. 치아 건강에 아주 치명적이다. 이 사이사이에 담뱃잎과 찐득찐득한 마약 가루가 끼어 이를 망쳐놓는다. 보기도 역겹다. 꼰을 씹으면 씹을수록 붉은 물이 나온다. 한참 동안 꼰을 씹은 사내의 입은 생쥐 잡아먹은 것처럼 붉다. 하지만 이들은 개의치 않는다. 여전히 껌처럼 꼰을 씹는다. 꼰 때문에 이가 검붉게 물들고, 망가져도 괘념치 않는다.

미얀마인의 삶을 나락으로 밀어넣는 것은 꼰이 아니다. 오히려 꼰은 생의 고통에서 잠시 벗어날 수 있게 해주는 친구다. 꼰이 주는 환각의 힘으로 이들이 전생의 업보라 여기는 모진 가난이나 여전히 5호 담당제가 살아있는 군사독재 치하의 고통을 이겨낸다. 이들은 꼰을 씹는 순간만이라도 다른 세상을 꿈꿀 수 있다면 그만이라고 믿는다.

바고강
풍경

싯누런 황톳물이 밀려오고
또 밀려 내려가고
몇몇 사내는 강물에 낚시를 하고
한 사내는 어깨에 자신의 키만큼 높은 짐을 쌓아 나르고
몇몇 사내는 길바닥에 그려놓은 장기판에서
우그러뜨린 병뚜껑을 말 삼아 장기를 두고
아낙들은 생필품을 이고 지고 집으로 가고
한 사내는 두리안(열대과일)을 팔고
한 아낙은 씹는 담배 꼰을 말고
아이들은 뱃전에 흘린 쌀알을 줍고
한 사내는 기름이 가득 든 드럼통을 굴리고
한 사내는 오지 않는 손님을 기다리며 인력거에 앉아 졸고
한 아낙은 팔리지 않는 생선을 하염없이 바라보고
고약한 냄새가 코를 찌르고
시간은 강물 같은 속도로 흐르고.

양곤에서 북쪽으로 500km, 고대 바간 왕조의 수도였던 바간Bagan 분
지. 캄보디아 앙코르와트Angkor Wat, 인도네시아 보로부두르Borobudur
와 함께 세계 3대 불교 유적지라 불린다. 바간에는 2천500여 개의 불탑
이 있다. 큰 불탑은 아파트 20층 높이나 된다. 불탑 안에 크고 작은 방
을 만들어 불상을 모셨다. 불탑은 하나하나가 사원이다.

바간에서 불탑은 탑으로만 남지 않는다. 불탑은 아이들의 놀이터이고,
이글이글 타는 태양을 피하려는 노인들의 휴식처다. 기념품을 팔러 나
온 아낙들의 삶터이고, 하루에 한 번 꼭 찾아오는, 바위를 부술 듯이 퍼
붓는 장대비를 피할 수 있는 피난처다. 불탑은 부처가 세상에 베푼 작
은 배려다.

이토록 깊은
기원

사내는 좀처럼 일어날 줄을 몰랐다. 모든 소리가 공명되는 석굴 안. 사람들의 발걸음과 말소리, 카메라 셔터 소리, 세상의 소음이 귀에 거슬릴 만도 한데 사내는 미동도 하지 않는다. 스스로가 작은 불상이 되어 앉아 있다. 뼈에 사무치는 간절함으로 자신을 땅바닥까지 낮춘 자만이 드릴 수 있는 이토록 깊은 기원. 나에게도 이처럼 간절한 기원의 순간이 있었던가.

불경의
바다

셰산도Shesando 탑에 달린 풍경이 낭랑한 울음을 토한다. 세상은 아직 어둠에 묻혀 있다. 나는 가쁜 숨을 몰아쉬며 탑에 기대어 앉았다. 가슴의 골을 따라 굵은 땀방울이 흘러내린다. 어디선가 닭이 홰를 친다. 서서히 동이 텄다. 하늘에는 감색 노을이 물들었다. 어둠 속에서 하얀 옷을 입은 부지런한 농부가 소를 끌고 밭으로 간다. 그제야 어둠 속에서 불안에 떨던 내 마음도 진정이 된다.

불국토의 땅은 서서히 깨어났다. 옅은 안개가 드리운 지평선 끝에서 말간 해가 솟아오르자 어둠에 잠겨 있던 황토 들녘의 불탑들이 하나둘씩 머리를 쳐들기 시작한다. 불탑은 지천에 있었다. 눈이 닿는 모든 땅에 불탑이 솟아 있었다. 탑은 웃자란 나무만큼 많고, 비 온 뒤 솟아난 죽순처럼 많다. 들녘을 가득 채운 불탑. 불경의 바다다. 도대체 이토록 아름다운 탑들을 하나하나 세운 이들은 누굴까.

불탑의
비밀

보시(널리 베푸는 짓)는 미얀마 사람들이 평생 품고 사는 화두다. 이들은 보시가 부처의 가르침을 따르는 가장 좋은 수행법이라 여긴다. 지계 (계율 지키기)나 선정(마음을 하나로 모으기)같은 것은 불가에 귀의해야만 할 수 있는 수행법. 하지만 보시는 마음만 있으면 누구나 실천할 수 있다. 그 마음으로 불탑을 세운 것이다. 미얀마인들에게 불탑을 쌓는 일은 최대의 보시이자 최고의 공덕이다.

미얀마인들은 천 년에 걸쳐 이라와디강이 감싸고 돌아나간 들판에 불탑을 세웠다. 전생에 지은 죄를 이번 생에 씻고, 다음 생에서는 고통 없이 행복하게 살게 해달라고, 그 간절한 비원으로 불탑을 세운 것이다. 그렇게 세운 불탑이 5천여 개. 몽골의 침입으로 바간 왕조가 멸망하지 않았다면 불탑을 쌓는 일은 지금도 계속 되었을 것이다.

이번 생은
스쳐 지나는 에피소드

삶을 견디거나 혹은 이겨내는 방식은 저마다 다르다. 미얀마 사람들에게 이번 생은 스쳐 지나는 작은 에피소드에 불과하다. 그들은 이번 생이 고통스러울수록 다음 생은 더 행복할 것이라 믿는다. 이번 생은 그저 다음 생을 위해 밟고 건너가는 징검다리라 여기며 살갗이 타들어갈 것 같은 더위와 송곳처럼 날아와 박히는 소나기를 견디고 가난을 견디고 군부독재를 견디고 있다.

그들은 믿는다. 이 고난에 찬 삶 또한 지나갈 것이며 이번 생을 사는 모든 사람들의 고통도 한 줌의 먼지처럼 다 지나가고 지워질 것이라고. 오직 하나 들녘을 채운 불탑 같은 해탈에 대한 간절한 열망만이 생과 생을 이어 계속될 뿐이라고.

만달레이
가는 길

자전거를 타고 마을을 벗어났다. 꼭 어디를 가려고 나선 것은 아니다. 그저 어딘가로 가는 기분을 내고 싶을 뿐이었다. 멀리서 낡은 버스 한 대가 달려왔다. 버스 뒤로 먼지가 자욱하게 일었다. 버스는 이내 나를 스쳐 지나갔다. 나는 버스가 일으킨 먼지 너머로 황토 벌판을 가로질러 나 있는 길을 바라봤다.

만달레이Mandalay는 어디쯤일까. 바간에서도 북쪽 어딘가에 있을 텐데. 만달레이, 나를 미얀마로 이끈 도시다. 그러니까 모 항공사의 TV광고 배경음악으로 깔린 「The Road to Mandalay」를 들었을 때부터 나는 미얀마 행을 꿈꿨다. 양곤에서 만달레이까지, 하루 밤낮을 꼬박 달려가며 이 노래를 듣고 싶었다. 이 노래를 들으며 고단한 생의 한 고비를 넘어가고 있는 나를 위로하고 싶었다.

그러나 나의 여행은 만달레이에 닿지 못한다. 만달레이로 가는 버스를 타지도 못했다. 사람과 사람의 인연이 그렇듯이 여행의 인연 또한 이렇게 비껴가기도 한다. 그러나 나는 계속 꿈꿀 것이다. 만달레이로 가는 길, 그 길을 버스 타고 가는 꿈 말이다. 그때는 나를 위해 위로를 보내지 않아도 되기를! 마음의 짐을 모두 풀고 나의 영혼이 바람처럼 구름처럼 가벼워지기를! 저 길 너머 어딘가에 있을 만달레이를 향해 빌어본다.

DIOR HOMME

Dior *Dior* *Dior* *Dior* *Dior*

To Treno Fevgi Stis Okto
by Agnes Baltsa

DIOR HOMME
LE NOUVEAU PARFUM MASCULIN

DIOR HOMME

Dior

기차는
8시에 떠나네

DIOR HOMME

Dior   Dior   Dior   Dior   Dior

밀란,
혹은 밀라노

2,245개의 조각군과 135개의 첨탑, 길이 157m, 높이 108.5m. 바티칸 성 베드로 대성당, 런던 세인트 폴, 독일 쾰른 대성당과 함께 세계에서 네 번째로 큰 성당. 이탈리아 밀란, 혹은 밀라노의 두오모 성당Duomo Cathedral 이력이다. 밀라노에 이것 말고 또 뭐가 있을까? 아, 있다. 인터밀란과 AC밀란. 이탈리아 세리에 리그를 주름잡는 프로축구의 양대 산맥.

밀라노의 두오모 성당 앞을 오후 내내 거닐었지만 들뜬 기분은 없었다. 오히려 이상할 정도로 차분했다. 저 세기적인 건축물을 앞에 두고도 감흥이 없다니, 이토록 감정이 메마른 여행자가 또 있을까.

두오모 성당에서 몇 걸음 더 옮겨봤다. 패션의 도시답게 도발적인 얼굴의 모델들이 쇼윈도에서 노려본다. 그들과 눈싸움을 하면서 이 화려한 골목을 조금씩 밟아봤다. 그래도 별 감흥은 없다. 하지만 다 나 같지는 않을 것이다. 누군가는 이 도시에서 하루를 다 보낸다 해도 시간이 모자랄 것이다. 명품 숍에 들러 사지 않을 옷을 입어 보고, 자신이 갖기에 터무니없이 비싼 핸드백을 걸쳐 보기도 할 것이다. 근사한 실루엣을 감상하느라 바빠서 하염없이 흐르는 시간을 안타까워할 것이다. 이 도시에서 적어도 하루에 한 건씩 열린다는 패션쇼를 보지 못한 것에 대해서도 아쉬움을 토로할 것이다. 사람들의 관심은 저마다 달라 이토록 끝과 끝을 달린다.

기차에
대하여

플랫폼에 걸린 원형 시계의 시곗바늘은 7시 40분을 가리켰다. 오후 7시 50분발 바르셀로나 행 기차가 출발하려면 아직 10분이 남았다. 기차는 순한 양처럼 플랫폼에 얌전히 정차해 있다.

기차역은 조금 어두웠다. 천장에 달린 불빛이 흐릿해 역사 전체가 침울해 보였다. 밀라노 기차역이 익숙한 여행자에게는 차분하고 편안한 느낌이겠지만 이곳이 처음인 여행자에게는 조금 낯설었다. 어둑어둑한 조명 속에서 내가 타고 갈 열차를 찾아 걸어가는 발걸음이 이상하게 무거웠다. 몇 벌의 옷가지와 또 몇 권의 책이 든 게 전부인 여행 가방 바퀴 돌아가는 소리가 힘겹다.

기차에 오르려다 잠시 멈췄다. 여기는 밀라노 기차역. 내 생애 언제 다시 이곳에서 기차를 탈 수 있을까. 그런 날이 올 수도 있고 영영 오지 않을 수도 있을 것이다. 다만, 기차를 타는 지금 이 순간의 어떤 회한 같은, 무언가를 잃어버린 듯한 허전함은 밀라노의 기차를 떠올릴 때마다 항상 함께 할 것 같다.

기차를 처음 탔던 게 언제던가. 아마 일곱 살쯤 되던 해였을 것이다. 추석을 앞두고 아버지와 함께 벌초 가는 길에 부강역에서 매포역까지, 간이역에서 간이역으로 딱 한 정거장, 10분 거리를 타고 갔던 게 처음이다. 날마다 멀리서 오랫동안 봤던 기차였는데…. 기적소리에 잠을

깨고, 기찻길을 따라 장에 가곤 했다. 기차는 붉은 노을 속에 걸린 철교 위를 지나고, 나는 그 기차를 보며 집으로 돌아오곤 했다. 그런데 기찻길 옆에서 나고 자란 나의 첫 번째 기차여행에 허락된 시간은 고작 10분. 그러나 그 짧은 기차여행은 두고두고 가슴에 남았다.

비둘기호 열차가 터널로 접어들었을 때였다. 갑자기 세상의 모든 빛이 사라졌다. 낮에는 열차 객실의 조명을 모두 꺼놓던 시절이라 터널을 지나는 동안은 암흑천지가 됐다. 어디가 어딘지 분간하기 어려운 어둠 속에서 불현듯 공포가 엄습했다. 나는 나도 모르게 아버지 손을 꼭 쥐었다. 고백하건대 그 전에도, 그 후에도 아버지의 손을 그렇게 꼭 쥐어 본 적이 없다.

누나들이 남쪽 멀리 바닷가로 시집간 것은 나에게 기차여행의 즐거움을 안겨줬다. 까까머리 고등학교 시절, 나는 밤기차를 타고 떠나는 은밀한 여행을 즐겨했다. 밤 열두 시쯤 부강역을 출발한 완행열차는 큰누나가 사는 부산이나 둘째누나가 사는 여수에 나를 내려줬다. 내내 밤길을 달린 기차가 종착역에 닿으면 어슴푸레 새벽 동이 텄다.

그때의 밤기차. 좌석은 텅텅 비고, 여행을 떠난 대학생 형들이 객실에 둘러앉아 기타를 쳐도 누구 하나 나무라는 이가 없던 시절이었다. 그들을 보면서 나도 대학에 가면 저 형들처럼 여행을 가고 기타를 치고 낭만을 누리겠다고 다짐하곤 했다. 그들에게 부러운 시선을 던지면서도 한편으로는 센티함을 유지하는 일도 잊지 않았다.

기차가 어둠 속에서 서서히 플랫폼으로 진입할 때, 기차가 잠시 정차한 대전역에서 가락국수를 말아먹을 때, 졸음에 겨워하며 내린 부산역에서 서늘한 바람이 불어와 와락 안길 때, 그런 순간마다 나는 센티해졌다. 여행자는 그래야 한다고 생각했다. 기차를 타고 가는 일은 그렇게 조금은 가슴이 시린 일이라고, 여행은 원래 그런 것이라고 나에게 조근조근 속삭였다. 어른이 되면 지구의 어느 도시까지 가는 먼먼 기차를 탈 거라고, 그때도 지금처럼 조금은 허전하고 조금은 쓸쓸하게 홀로 기차를 기다릴 거라고.

기차,
슬픔의 안단테

가끔 노래의 끌림을 생각한다. 가사는 하나도 모르는데 도대체 무엇을 노래한 것인지도 모르는데 눈물나게 그 노래가 좋은, 멜로디만 따라가도 뼛속 깊이 그 노래가 사무치는…. 좋은 노래는 그런 거다.

「*To Treno Fevgi Stis Okto(기차는 8시에 떠나네)」가 그랬다. 내 인생의 기차는 적당히 허전하고 우울에 차 있었기에 제목만으로도 이미 절반은 젖어들었던 노래다. 그러나 멜로디가 흐를수록 그 아릿한 슬픔의 리듬은 굵은 동아줄처럼 온몸을 칭칭 감아왔다. 노랫말을 모를 때는 그저 흥얼거림이 좋았다. 그러나 노랫말을 알았을 때는 노래를 다 듣지도 못하고 주르륵 눈물을 흘리고 말았다. 조국을 위해 떠난, 다시 돌아오지 못할 연인을 그리며 오늘도 카테리니Katerini역을 서성이는 여인의 슬픈 사랑 노래. 기차, 슬픔의 안단테여. 어디까지 슬픔에 젖게 할 것인가. 언제까지 외로운 기적을 울릴 것인가.

*To Treno Fevgi Stis Okto 그리스 민주화 운동의 상징이자 세계 음악계의 거장 미키스 테오도라키스Mikis Theodorakis가 작곡한 노래다. 노랫말은 나치에 맞서 조국을 위해 떠난 청년 레지스탕스를 애인으로 둔 여인이 매일 그가 떠난 기차역에서 기다린다는 내용이다. 애절한 가락이 이별의 슬픔을 더하는 이 노래는 1967년 그리스 군부독재 하에서 금지곡이 됐고, 노래를 만든 미키스 테오도라키스는 군사재판에 회부되어 투옥됐다. 그러나 쇼스타코비치, 레너드 번스타인 등 당대의 음악가들이 발 벗고 나서 구명운동을 벌인 덕분에 1970년 석방되었고, 그는 파리로 망명했다. 이 노래는 아그네스 발사Agnes Baltsa 등 수많은 가수가 리메이크해 불렀다.

Barcelona
by Fred Mercury

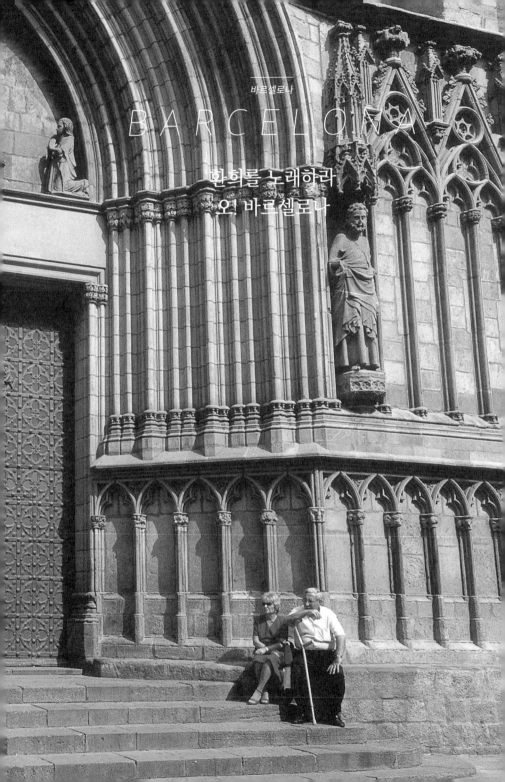

바르셀로나
BARCELONA

환희를 노래하라
오! 바르셀로나

밀라노에서 바르셀로나를 오가는 특급열차 엘립소스Elipsos는 세련미가 넘쳤다. 유럽에서 운영되는 호텔 트레인Hotel Train 가운데 하나다. 객실은 4등급으로 나누어져 있다. 이 가운데 최고급 객실을 예약했다. 누군가 말했다. 기차와 크루즈처럼 오랜 시간 타고 가면서 여행할 때는 무리를 해서라도 좋은 객실을 선택하라고. 그 충고를 따라 항공료에 맞먹는 돈을 주고 최고급 객실을 예약한 것이다.

엘립소스의 객실은 현대적인 감각이 돋보였다. 고풍스럽고 호화롭게 치장된 남아프리카공화국의 블루 트레인Blue Train과는 전혀 다른 분위기였다. 유럽의 비즈니스호텔 객실처럼 깔끔했다. 모스크바에서 바이칼 호수 가는 길에 탔던 시베리아 횡단열차나 실크로드 여행을 마치고 카슈가르에서 우르무치로 돌아오는 길에 탔던 중국 대륙열차의 침대칸과는 비교할 수 없을 만큼 시설이 좋았다. 특히, 주황색 컬러가 강렬한 샤워부스는 갑자기 샤워를 하고 싶은 충동이 일게 했다. 샤워를 하고 나면 밀라노에서의 우울한 기억이 다 씻겨 내려갈 것만 같았다.

샤워기에서 쏟아지는 따뜻한 온수에 몸을 맡긴 채 레스토랑 객실에서 먹을 만찬을 그려봤다. 우선 바삭하게 구운 바게트에 풀냄새가 향긋한 차가운 화이트 와인을 마셔야겠다고 생각하자 갑자기 허기가 졌다.

여기는
지중해 어디쯤

제노바Genova, 사보나Savona, 알벵가Albenga, 멍통menton, 니스Nice, 칸 Cannes, 엑상 프로방스Aix-en Provence, 아를Arles, 몽펠리에Montpeller, 세뜨 Sete, 아그드Agde···.

밀라노를 떠난 기차가 거쳐 온 도시들이다. 기차는 이탈리아에서 프랑스로, 다시 스페인을 향해 가고 있다. 기차는 내가 잠든 사이 지중해를 따라 밤새 달렸다. 덕분에 이름만 들어도 황홀한 도시들을 스치듯 지나버렸다. 기차가 지중해의 도시를 한 곳 한 곳 거쳐 오는 동안, 국경을 두 번이나 넘는 동안 밤이 지나고 아침이 밝았다. 아직도 지중해는 끝나지 않았다. 차창 너머로 눈부신 아침 햇살이, 햇살보다 눈부신 지중해가 펼쳐졌다. 가끔 마중을 나오는 마을에는 주황색 기와지붕과 외벽을 밝은 아이보리색으로 칠한, 예외 없는 지중해풍 집들이 옹기종기 모여 있다.

참 행복한 아침이다. 밀라노에서 바르셀로나까지 열네 시간 걸리는 먼 여정이 새삼 고맙다. 기차 안에서 맞는 이토록 아름다운 아침이라니.

노천
카페

람블라 거리La rambla St.의 밤은 흥겹다. 어둠과 함께 거리를 점령한 노천카페의 테이블마다 사람들로 넘쳐난다. 스페인 사람들의 밤은 늦게 시작된다. 늦은 점심을 먹고, 또 그만큼 늦은 만찬을 갖는다. 오후 여덟 시쯤 시작된 저녁은 자정 가까이 이어지곤 한다.

그들 틈에 테이블 하나를 차지하고 앉았다. 오늘 같은 밤, 참 좋다. 호텔방에 홀로 남겨져 오지 않는 잠과 씨름하지 않아도 된다는 것은 얼마나 다행스런 일인가. 흥겹게 먹고 마시고 수다를 떠는 사람들을 따뜻한 시선으로 바라볼 수 있다는 것은 또 얼마나 행복한 일인가.

사실 도시여행은 나와 거리가 멀다. 이상하게 도시에 들어가면 멀미가 난다. 도시 전체가 세계문화유산이라 해도 큰 감흥이 없다. 몇 시간만 걸어도 갑갑함을 느낀다. 빌딩 숲에 가로막힌 시선이 나를 옥조여오는 느낌이다.

두 해 전 파리에서도 그랬다. 항공 스케줄에 맞추다 보니 하루 반나절의 시간이 주어졌다. 유럽 완전일주 패키지 여행자라면 파리의 전부를 보고도 남을 시간이다. 하지만 나는 센강을 따라 노트르담 대성당까지 두 시간쯤 걷다가 편의점에서 와인 한 병과 바게트를 사들고 호텔로 돌아왔다. 그날 오후 와인 한 병을 다 비운 채 일찍 곯아떨어졌고, 파리에서의 추억은 그것으로 끝이었다. 밀라노에서 내내 우울했던 것도 밀라노가 패셔니스트들을 위한 도시라거나 두오모 성당 외에 특별히 눈

길을 줄만 한 것이 없어서가 아니다. 내가 도시여행을 피곤해 하는 여행자라서 그렇다.

하지만 바르셀로나는 조금 예외다. 이렇게 흥겨운 노천카페에 앉아 밤 늦은 시간까지 바르샤(FC 바르셀로나의 애칭)를 사랑하는 사람들과 어울릴 수 있다는 것만으로도 위안이 된다. 사실 온종일 한 일도 별로 없다. 사그라다 파밀라아Sagrada Famila성당과 구엘 공원Parc Guell에서 '건축의 시인'이라 불리는 가우디의 건축 세계를 엿본 게 전부였다. 그거면 충분했다. 눈도장을 찍듯이 정신없이 이곳저곳을 기웃거려야 하는 여행은 노땡큐다.

열한 시를 넘겼지만 여전히 사람들은 흥에 겹고 웃음은 계속해서 이어진다. 동양에서 온 어느 여행자만이 피곤함을 느낀다. 이제 호텔로 돌아갈 시간이다. 하루를 이렇게 닫아도 오늘은 나에게 미안해 하지 않아도 될 것 같다.

*바르셀로나

바르셀로나!

프레드 머큐리Freddie Mercury는 왜 절규하듯 외쳤을까? 턱시도에 나비 넥타이까지 갖춰 입고 야광 지휘봉이 오케스트라를 지휘하는 무대에서 몸집이 자신의 두 배쯤 되는 여성 성악가와 함께 절규하듯 외친다.

바르셀로나!

촛불의 행렬은 무대를 향해 몰려가고, 콜로세움의 기둥처럼 장식된 무대에서 온 힘을 모은 탓인지 조금은 과장된 제스처로 그는 절규하듯 외친다.

바르셀로나!

*바르셀로나 전설의 록그룹 퀸Queen의 보컬 프레드 머큐리가 1988년 성악가 몽세라 카바예와 함께 불렀던 노래다. 이 노래는 1992년 바르셀로나 올림픽 공식 지정곡이 됐다. 하지만 몬주익의 영웅 황영조가 마라톤에서 월계관을 쓴 그 대회에서 이 노래는 불려지지 않았다. 올림픽이 열리기 일 년 전, 프레드 머큐리가 에이즈로 세상을 떠났기 때문. 에이즈로 사망한 그의 죽음이 올림픽 정신에 맞지 않는다는 게 취소 이유다.

Peace And Power
by Joannie Shenandoah

Indian Reservation
by The Raiders

NEW MEXICO

그 시절은 이름도 없고
알려지지도 않고

그 시절은
이름도 없고

이마에 떨어지는 햇살이 따사롭다. 차갑던 바람도 오후 햇살에는 퍽 누그러졌다. 푸에블로 보니토Pueblo Bonito가 내려다보이는 절벽 위에 앉아 오랫동안 햇살을 쐬며 시간여행을 하고 있다. 지금은 존재조차 모르는 아나사지Anasazi. 그들이 지상에 남기고 간 아름다운 궁전을 맘 껏 감상하고 있다. 도대체 이처럼 아름다운 궁전을 상상할 수 있었던 사람들은 누구였을까.

이집트의 피라미드나 페루의 잉카 유적과 견주어도 손색이 없는 황야 의 궁전. 나는 이 궁전을 반달 궁전이라 부르기로 했다. 북미에도 고대 인들이 꽃 피운 문명이 있었음을 보란 듯이 증명하는 저 반달 궁전. 미 서부의 대자연보다 더 감동적이다.

미국 네 개의 주가 한 곳에서 만나는 포 코너Four Corner. 이곳은 서기 500년부터 1200년까지 북미의 고대 왕국 아나사지가 살았던 무대다. 이들 고대 원주민은 1540년 스페인 원정대가 닿기 300여 년 전에 홀연 히 사라졌다. 그들이 왜 사라졌는지에 대해서는 역사학자도, 리오그란 데Rio Grande강 주변에 흩어져 사는 아나사지의 후손도 뾰족한 답을 내 놓지 못한다. 2만 년 전 베링해를 건너 아메리카로 간 몽골리언이 자신 들의 뿌리임을 잊지 않고, 입에서 입으로 역사를 전한 이들이건만 한순 간에 종족이 사라진 이유에 대해서는 전혀 알지 못한다.

아나사지는 포 코너 일대에 다양한 건축유산을 남겼다. 흔히 '절벽 궁전'이라 불리는 이들의 독특한 집짓기는 고고학자들의 큰 관심을 모았다. 이들이 궁전을 지었던 곳은 바위 절벽 아래 눈썹처럼 파인 곳. 절벽 위에서는 내려갈 수도 없고, 절벽 아래에서는 사다리를 이용해야 닿을 수 있는 곳에 흙벽돌로 제비집처럼 집을 지었다.

또 한 가지, 아나사지 궁전의 풀리지 않는 의문은 출입문을 지붕에 만들었다는 것이다. 절벽에 짓든 언덕 위에 짓든 출입문은 항상 지붕으로 나 있다. 지붕으로 올라가 몸 하나 겨우 들어가는 사각의 통로를 이용해 사다리를 타고 방으로 내려간다. 각각의 방에는 최소한의 쪽창만이 있을 뿐이다. 왜 그랬을까? 누구도 명쾌한 답을 내놓지 못한다.

오후 햇살이 반달 궁전에 긴 그림자를 드리울 때까지 절벽 위에 앉아 있었다. 그저 바라만 보고 있어도 좋았다. 이 왕국을 건설한 아나사지 원주민들은 또 얼마나 행복했을까. 이 절벽 위에 앉아 350년에 걸쳐 완성한 지상의 궁전을 보며 날마다 감회에 젖었을 것이다. 그리고 그들은 이 행복이 자신들이 만든 것이 아니라 자연이 베푼 선물이란 것에 감사했을 것이다. 자연의 일부인 나 또한 그들이 남긴 이 위대한 유산에 감사한다.

아침을 부르는 목소리

오랫동안 아주 오랫동안

잃어버린 것을 떠올리고

잃어버린 사랑을 떠올린다.

짙은 녹음 밖의 영원한 청춘

끝없이 부는 부드러운 바람에

살랑거리는 버드나무 가지

그 시절은 이름도 없고

알려지지도 않고….

「푸에블로 원주민에게 전해지는 노래」 중에서

인디언
멸망사

대포 소리가 울리자 출발선에 서 있던 백인들은 힘껏 말을 타고 달린다. 끝없는 평원에는 말과 마차가 달리며 만든 흙먼지가 자욱하다. 그들은 숨이 턱에 닿을 때까지 달렸다. 지평선으로 멀어지는 마차와 말들. 말이 지쳐 더는 달릴 수가 없을 때 그들은 멈췄다. 그리고 자랑스럽게 땅에 깃발을 꽂았다. 지금부터 그가 달려온 데까지의 땅은 그의 것이다. 톰 크루즈가 열연한 영화 〈파 앤드 어웨이Far and away〉에 나오는 한 장면이다. 이 영화의 무대가 된, 토지분배 경주Land Rush가 벌어진 곳은 미국 중부 뉴멕시코주와 이웃한 오클라호마주다.

북미대륙에서 원주민 소탕 작전을 끝낸 백인들은 '땅 따먹기 축제'를 벌인다. 백인들은 한 지역에서 일정 기간 체류하면 누구나 원하는 만큼 땅을 가질 권리를 누렸다. 달리기를 잘 하거나 말을 잘 타면 그는 더 많은 땅을 가질 수 있었다. 그들이 차지한 그 땅의 본래 주인은 누구인가? 아메리카 원주민들이다. 그들의 땅을 백인들이 소꿉장난처럼 차지해버렸다.

백인과 아메리카 원주민은 같은 하늘을 이고, 같은 땅을 딛고 있어도 융화될 수 없는 존재였다. 신대륙을 찾아 나선 백인들의 파라다이스는 원주민들의 땅을 빼앗지 않고서는 애초부터 불가능한 일이었다. 영국이 미국의 독립을 인정한 1782년까지 수백의 원주민 부족이 동부에서 멸족됐다. 그러나 이것은 시작에 불과했다. 13개 주로 시작한 미국은 서부로 눈을 돌렸다. 백인들은 이 신비한 대륙 어딘가에 황금과 젖과 꿀이 흐르는 엘도라도(황금의 땅)가 있을 것이라 믿었다.

1848년 샌프란시스코에서 노다지가 발견된 후 수천 수만 대의 역마차가 서부로 달려갔다. 그들은 원주민들의 땅을 허락없이 가로질러 갔다. 1869년 대륙횡단 열차가 완공되면서 무시무시한 철마가 헤아릴 수 없는 광부들을 서부로 실어 날랐다. 이때부터 원주민과 백인 사이에는 피할 수 없는 운명이 마주한다. 그러나 신은 백인들의 편이었다.

특공대는 노다지 탐사꾼들의 몫이었다. 그들은 원주민의 땅을 헤집고 다니며 광맥을 탐사했다. 군대는 그들의 안전을 보장한다는 이유로 원주민 땅 가운데 요새를 구축했다. 백인 이주자들도 군대를 따라 원주민의 땅으로 들어섰다.

원주민들은 언제나 평화를 원했다. 그들의 사냥터와 안전을 보장해준다면 자신들의 땅에서 쇠붙이를 캐가는 것쯤은 문제될 것이 아니었다. 백인들은 언제나 평화조약을 구실로 접근했다. 평화조약의 요지는 땅을 사이좋게(?) 나누자는 것이었다. 그러나 원주민들은 땅을 두부 자르듯이 나누자는 백인들의 주장을 도통 이해할 수가 없었다. 그들에게 땅은 개인 소유가 아니었다. '위대한 정령'이 베푼 자연의 은혜이자 부족 모두의 것이었다. 또한 그들은 바람 따라 구름 따라 정처없이 떠돌아다니는 유목생활을 했다. 백인들이 터무니없이 나눈 땅 안에 갇혀 사는 것은 견딜 수 없는 일이었다. 그래도 원주민들은 백인들의 약속을 존중했다. 그들은 평화를 원했다.

조약을 먼저 파기한 것은 언제나 백인들이었다. 금광이 발견되면 벌떼처럼 광부들이 달려들었다. 동부에서 끊임없이 몰려오는 이주자들은 원주민들이 소유한 기름진 땅을 원했다. 미국 정부는 광부와 이주자들을 위해 조약을 마련했다. 1834년 미 의회는 '미시시피Mississippi강 서쪽은 영구적으로 원주민들의 땅'으로 공언하며 인디언과의 교역과 접촉 규제 및 변경 평화 유지 조례를 채택했다. 그러나 이 법이 조례를 통과하기도 전에 이미 백인들은 미시시피강의 경계를 훨씬 넘어 원주민의 땅에 정착지를 마련했다. 그로부터 몇 년 뒤, 미 정부는 영구적인 인디언 경계선을 서경 95도로 수정했다. 그러나 이 선언 역시 서부로 향하는 백인 이주자들에 의해 휴지조각이 되어버렸다.

협정을 맺고 다시 파기하기를 반복하면서 원주민들은 점점 궁지로 내몰렸다. 단지 평화를 원하며, 백인들의 터무니없는 요구도 묵묵히 받아들였던 원주민들은 더는 참을 수 없었다. 자신들의 신성한 사냥터를 야금야금 파먹는 백인들에게 화가 날 수밖에 없었다. 백인과 원주민 간의 전쟁은 그렇게 시작됐다. 기나긴 전쟁에서 원주민들은 때로 백인들에게 치욕적인 패배를 안겨주기도 했다. 하지만 이 전쟁의 승부는 불 보듯 뻔한 일이었다. 원주민들은 그저 멸망의 수순을 밟아가고 있을 뿐이었다.

1838년 가을 테네시주와 노스캐롤라이나주를 무대로 살았던 체로키족은 서부로 향해 진격하는 백인들의 희생양이 됐다. 애팔래치아 산맥에서 금이 발견되자 그들은 미시시피강 서쪽으로 쫓겨났다. 2만 명에 달했던 원주민들이 116일간에 걸친 눈물의 길Trail of Tears에서 4천 명 넘게 추위와 질병, 굶주림으로 죽었다. 그들이 이주한 곳은 오클라호마주다. 영화 〈파 앤드 어웨이〉에서 보여진 것처럼 1893년 9월 6일 정오 백인들이 땅 따먹기 시합을 벌였던 바로 그곳이다.

애리조나주 북부 캐년 드 칠리Caynon de Chille에서 백인들과 맞서던 나바호족은 1864년 눈보라치는 겨울에 먼 길Long Walk을 떠났다. 뉴멕시코주의 쓸모없는 사막에 마련된 인디언 보호구역으로 강제 이주를 당했던 나바호족은 9천여 명. 그러나 4년 뒤 4천여 명만이 고향으로 돌아올 수 있었다.

1890년 12월 28일 미 북부 미주리Missouri강 근처 운디드 니Wounded Knee에서 큰발Big Foot이 이끄는 350명의 수족이 미군에 항복한다. 그러나 미군은 요새에 갇힌 수족을 향해 기관총을 퍼부었다. 대부분 아녀자였던 수족 300여 명이 그 자리에서 몰살당했다. 이 처참한 수족의 죽음이 백인들을 향한 원주민들의 마지막 항거였다. 영국이 북미대륙에 첫발을 디딘 후 300년 간 지속되었던 지난한 전쟁은 운디드 니를 끝으로 막을 내렸다. 이 기간 동안 백인과의 전쟁에서 수백의 원주민 부족이 흔적도 없이 사라졌다. 100만 명이 넘던 원주민 가운데 운디드 니 전투가 끝난 후 살아남은 숫자는 겨우 30만 명에 불과했다.

오늘날 아메리카 원주민의 숫자는 200만 명쯤 된다. 고작해야 2천 명에 불과한 부족도 있다. 그들은 지금도 서부의 황무지에서, 인디언 보호구역에 갇혀 고단한 삶을 강요당하고 있다. 알코올 중독과 무기력, 가난의 무게에 힘겨워하고 있다. 그러나 그들은 간절히 원한다. 그들의 조상이 독수리처럼, 늑대처럼 자유롭게 살아갔던 그 땅에서 다시 자유로운 영혼이 되어 살 수 있기를.

The Good, The Bad and The Ugly
by Ennio Morricone

ARIZONA

석양의 무법자
마초들의 고독한 휘파람

선인장의
꿈

애리조나 남부에 가면 전봇대만큼 키가 큰 사구아로 선인장이 널려 있다. 키가 15m까지 자라는 선인장이다. 수령은 약 200년. 아주 큰 것은 무게가 1톤을 넘는다. 선인장이 이렇게 크게 자라는 이유는 무엇일까. 건조한 사막의 기후 탓이다. 애리조나 사막의 연간 강수량은 150mm 미만. 일 년의 대부분이 건기고 우기는 아주 짧다. 선인장은 이 짧은 우기에 내리는 비를 빨아들여 저장하기 위해 자신의 몸을 키웠다. 물을 충분히 빨아들이지 못하면 한여름의 태양에 말라죽고 만다. 절박한 생명력이 거대한 몸집을 만든 것이다.

이 '위대한 선인장'은 홀로 존재하지 않는다. 사막을 무대로 살아가는 생명의 안식처 역할을 한다. 새들은 선인장의 몸에 집을 짓고 산다. 올빼미나 벌새, 딱따구리 등이 선인장 몸통에 구멍을 파고 집을 짓는다. 이들에게는 사막의 더위를 피할 수 있는 유일한 방법이다. 가을에 열리는 선인장 열매는 뭇짐승의 소중한 먹이다. 이 지역의 원주민들도 여행길에 물이 없으면 선인장으로 갈증을 달랬다.

사구아로 선인장은 죽어서도 죽지 않는다. 건조한 사막의 날씨는 선인장의 몸이, 가시가 바스러져 먼지가 될 때까지 말리고 또 말린다. 말라죽은 선인장의 몸은 마치 골다공증에 걸린 것처럼 구멍이 숭숭 뚫려 있다.

어쩌면 선인장에게는 죽음이 축복일지 모른다. 선인장은 갈증을 숙명으로 안고 태어난다. 살아가는 200년 동안 죽음보다 더한 갈증을 견디며 이 사막을 지킨다. 죽음은 그 갈증에서 놓여나는 일이다. 선인장은 죽음을 맞으며 해탈의 기쁨을 맞이하는지도 모른다. 단 한나절의 열기도 견디지 못해 헐떡이는 인간에게 인내가 무엇인지 말없이 보여준다. 그러니까 당신도 견디라고, 꾸짖는다.

황금 들녘을 지키는 허수아비처럼 적막한 사막의 고요를 묵묵히 인내하는 사구아로 선인장. 그 모습은 사막을 무대로 살다간 모든 생명의 영혼을 위한 십자가처럼 숭고하다.

불모의 땅에 사는 동물의 독은 치명적이다. 애리조나 방울뱀이나 전 갈, 힐라Gila 도마뱀의 악명은 자자하다. 그들의 독이 강한 이유는 생존 의 본능 때문. 사막에서는 사냥할 기회가 흔하지 않다. 며칠을 기다려 찾아온 한 번의 찬스. 절대 놓쳐서는 안 된다. 이 순간을 놓치면 언제 다시 기회가 찾아올지 모른다. 다시 기회가 오기 전에 사막의 더위에 지쳐 먼저 저승행 열차를 탈 수도 있다. 단 한 번에 사냥을 끝내야 한 다. 그러기 위해서는 강한 독을 가질 수밖에 없다. 한 방에 먹이를 보 내야 한다. 생존은 살아있는 모든 생명체의 지상 과제다. 인간 또한 마 찬가지다. 가혹한 사회에서 살수록 사람들은 거칠어지고 악만 남기 마 련이다. 살아남기 위해 사람들도 독을 품는 것이다. 당신은 어떤가. 치 열한 사회에서 살아남기 위해 당신은 어떤 독을 품고 있는가.

마초들의
전성시대

1960년대 미국을 동서로 관통하는 루트 66번 도로가 만들어지면서 서부 여행 시대가 열렸다. 이 길을 따라 뉴욕이나 시카고 등 동부 도시의 모험적인 여행자들은 자동차를 타고 서부로, 서부로 향했다. 그곳은 그들 조상들이 100여 년 전 황금을 찾아 떠났던 서부 개척시대의 무대. 미국인들은 그 '전설의 땅'을 직접 눈으로 보고 싶어 했다.

그런 미국인들의 서부 여행에 대한 로망에 불을 지핀 것이 영화다. 황금광시대 서부를 무대로 활약했던 전설적인 총잡이들(물론 그들 대부분은 영화에만 나오는 허구다)을 내세운 영화는 공전의 히트를 기록했다. 서부영화의 스토리는 단순 명쾌하다. 백인 총잡이들은 항상 정의로운 편이고, 인디언은 악의 축으로 설정된다. 또 정의로운 총잡이는 초반에 곤경에 처하지만 마지막은 항상 악당을 물리치고 유유히 석양 속으로 사라진다. 질겅질겅 담배를 씹고, 바에서 위스키를 털어넣고, 아가씨들의 시선을 단숨에 사로잡는 서부 총잡이들. 그들은 마초의 전형이었다.

서부영화를 논하면서 마카로니 웨스턴Macaroni Western을 빼놓을 수 없다. 서부영화가 미국 서부 개척시대를 배경으로 하는 것은 맞다. 하지만 모든 서부영화가 미국 서부에서 촬영됐다고 생각하면 곤란하다. 서부영화가 인기를 끌자 오히려 많은 영화를 이탈리아와 스페인에서 촬영했다. 이처럼 유럽에서 촬영된 서부영화를 마카로니 웨스턴이라 부른다. 마카로니는 이탈리아 파스타 요리의 한 종류다.

할리우드라는 세계 영화산업의 메카가 있음에도 불구하고 유럽에서 서부영화를 찍었다는 것은 참 아이러니한 일이다. 하지만 더 황당한 것은 세계적으로 히트한 서부영화 중 마카로니 웨스턴이 많다는 사실이다. 저 유명한 〈장고〉와 〈황야의 무법자〉 시리즈가 마카로니 웨스턴이다. 이들 영화를 통해 클린트 이스트우드는 일약 세계적인 스타가 됐다. 또한 이들 영화를 만든 세르지오 레오네는 거장의 반열에 올랐고, 영화음악의 대부가 된 엔니오 모리꼬네도 천재적인 음악성을 마음껏 뽐냈다.

마카로니 웨스턴은 유럽에서 만들어졌다는 것 말고도 미국에서 제작된 정통 서부영화와는 분명히 차별되는 특징이 있다. 미국 서부영화가 권선징악의 빤한 줄거리를 따르는데 반해, 마카로니 웨스턴은 선과 악의 구별이 없다. 오직 총싸움을 잘하는 놈이 주인공이다. 배신과 배신이 이어지다가 마지막까지 끝내 살아남아 돈을 독차지하는 자가 이기는 것이다. 무법천지(정말 그랬을까)의 서부 개척시대를 있는 그대로 표현하려 했다. 덥수룩한 수염에 시거를 질겅질겅 씹어 물고 사나운 눈초리를 보내는 클린트 이스트우드, 그가 마카로니 웨스턴의 전형적인 총잡이다.

석양의
무법자

무법자 시리즈의 완결판인 〈석양의 무법자〉는 마카로니 웨스턴을 대표하는 영화다. 우리나라에서도 2008년 송강호 정우성 이병헌이 주연한 〈좋은 놈 나쁜 놈 이상한 놈〉이란 타이틀로 리메이크됐다. 영화 속에 등장하는 세 명의 총잡이는 서로가 적이다. 이들은 무덤 속에 감춰놓은 돈을 차지하기 위해 잠시 동행할 뿐이다. 이들은 결국 로마의 원형경기장 같은 묘지에서 서로에게 총을 겨눈다. 선과 악이 1대 1로 겨루던 미국 서부영화와는 전혀 다른 결말이다. 그곳에는 정의도 없고 악도 없다. 오직 돈을 차지하는 자, 최후에 살아남은 자가 선이다.

〈석양의 무법자〉는 주제곡이 아주 독특하다. 황야를 떠도는 고독한 사나이의 심정을 닮은 휘파람 소리, 경쾌하게 달리는 말발굽 소리처럼 울리는 독특한 베이스. 이 주제곡은 수없이 회자되어 영화를 보지 못한 이들도 멜로디를 알 수 있을 정도였다. 하지만 이 곡이 엔니오 모리꼬네의 작품이란 사실을 안 것은 얼마 되지 않는다. 내가 알았던 엔니오 모리꼬네는 영화 〈미션〉의 주제곡인 넬라 판타지아와 영화 〈시네마 천국〉의 주제곡을 만들었다는 것뿐, 그가 이렇게 오래된 영화의 주제곡을 만들었으리라고는 상상하지 못했다. 그 사실을 알고 난 뒤 다시 〈석양의 무법자〉 주제곡을 들어봤다. 역시 명곡이다. 노래와 함께 다시 서부영화의 향수가 되살아났다.

칸쿤

CANCUN

일곱빛깔 무지개 너머,
푸른 꿈 너머

What A Wonderful World
by Louis Armstrong

Over The Rainbow
by Israel Kamakawiwo'ole

코로나 맥주가
필요한 시간

강렬하다.

햇살이 화살처럼 내린다.

송곳처럼 살갗을 파고든다.

영혼까지 바싹 말릴 것처럼 뜨겁다.

여기는 멕시코 유카탄 반도의 끝 칸쿤Cancun

카리브해에서 살랑살랑 불어오는 바람에도

열대의 냄새가 훅 끼친다.

그 바람에서 얼핏 레몬 향을 맡았다.

살짝 풋내가 섞인,

살짝 물고기 비린내가 스민 레몬 향.

아무래도 코로나 맥주가 필요한 시간이다.

낮잠을 잘 시간이다.

What a Wonderful World

그의 노래만 들으면 맥주 생각이 난다. 목 안을 탁 쏘는 칼칼한 레몬향 맥주를 마시고 싶다. 흔들의자에 앉아, 석양이 노랗게 익어가는 모습을 보며 마시는 맥주 한 잔. 목울대가 차갑게 식는다. 인생의 여운 같은, 입가에 묻은 맥주 거품을 지우며 가볍게 흔들리면서 루이 암스트롱이 진한 허스키 보이스로 뽑아내는 그 한마디.

What a Wonderful World!

흔들의자에 깊숙이 몸을 묻고 식도의 굵기와 길이를 가늠할 만큼 차갑고 상쾌한 맥주를 마시며 혼잣말로 되뇌어본다.

What a Wonderful World!

일곱 빛깔
무지개

좀처럼 비가 오지 않는 멕시코 유카탄 반도. 눈물처럼 찔끔 여우비 내리더니 밀림 위로 무지개가 걸렸다. 곱다. 살아갈수록 흉하게 어그러지는 가슴을 순백으로 세탁할 만큼 곱다. 이런 미소를 띄워보는 게 얼마만인가.

Over the Rainbow

결코 깨기 싫은 달콤한 꿈처럼, 무지개에 대한 동경을 가장 감미롭게
표현한 노래를 꼽자면 「Over the Rainbow」가 독보적이다. 1939년 판
타지 뮤지컬 〈오즈의 마법사〉에서 처음 불린 이래 수백 명의 가수가
리메이크할 만큼 사랑을 받았다.

그 수많은 가수 가운데는 열세 살 난 어린이 애슬린 데비슨Aselin Debison
도 있다. 캐나다 태생의 이 어린이가 부르는 「Over the Rainbow」는 유
리알처럼 맑고 청아하다. 티끌 하나 없는 푸른 창공, 세상의 때가 묻지
않은 순결함이 배어 있다. 애슬린 데비슨의 노래를 듣고 있으면 정말
무지개 너머 어딘가에 근심 없는 아름다운 세상이 있을 것만 같다.

그러나 내가 꼽는 최고의 가수는 애슬린 데비슨이 아니다. 이즈라엘
카마카위올레Israel Kamakawiwo'ole야말로 「Over the Rainbow」를 가장 맛
깔스럽게 부른 가수다. 하와이 부족장 출신의 이 가수는 키 188cm에
몸무게가 자그만치 350kg이 나갔다. 상식적으로 가수라고는 도저히
상상할 수 없는 체형이다. 하지만 그는 장난감처럼 앙증맞은 우크렐
레를 품에 안고 정말 편안하게 노래를 부른다. 듣는 이도 근심과 미움,
원망 같은, 우리를 병들게 하는 모든 독한 마음들을 다 내려놓고 완전
한 무장해제 상태로 만들어버린다.

어떻게 그런 체형에서 그런 감미로운 목소리를 낼 수 있을까. 그건 기
적이었다. 그 큰 몸이 울림통이 되어 깊고 풍부한 성량을 만든다. 하와

이의 자연과 사람들을 배경으로 만든 이 노래의 뮤직 비디오에서 그는 그 육감적인 몸매(?)를 맘껏 드러낸다. 초고도비만은 감추고 싶은 치부가 아니다. 출렁이는 살들은 아무런 구속 없이 자유롭게 살아가는 그의 영혼처럼 너그럽다. 특히, 하와이의 에메랄드빛 바다에 풍선처럼 떠 있는 그의 거대한 몸, 그리고 아기처럼 환하게 웃는 그의 모습은 쉽게 잊히지 않는다.

그는 1997년 38세의 나이로 세상을 떠났다. 사망 원인은 과체중으로 인한 호흡곤란. 그러나 그의 비만을 비난하지 말라. 그는 「Over the Rainbow」 하나로 자신이 세상에 존재했던 분명한 이유를 남기고 떠났다. 세상에 나와 티끌 같은 자국조차 남기지 못하고 흙으로 돌아가는 이들이 얼마나 많은가. 그에 비하면 그의 삶은 초라하거나 외롭지 않았다. 그가 떠난 뒤 곱게 빻은 그의 유골을 바다에 뿌릴 때 바다에 뛰어들어 환호하던 하와이언들. 그는 그들 가슴에 영원히 살아있을 것이다. 소나기 내린 뒤 산마루에 걸리는 무지개처럼.

무지개 너머 저 높은 곳 어딘가에

그리고 당신이 한때 자장가를 들으며 꿈꾸던 꿈들

무지개 너머 그 어딘가에 파랑새가 날아요.

그리고 당신이 꾸는 꿈은,

그 꿈은 이루어져요.

「Over the Rainbow」 중에서

Dos Gardenias
by Buena Vista Social Club

사랑니를
앓다

많이 아팠다.

때로 필요 없는 것들조차 아주 신랄하게 자신의 존재를 말할 때가 있다. 손가락 마디 하나하나, 뱃속 장기 하나하나까지도. 평소에 나 몰라라 하며 살았던 것에 복수라도 하듯이. 사랑니가 그랬다. 있어도 그만 없어도 그만인 이 염치없는 존재가 한 사흘쯤 사람을 까무러치게 만들었다. 늘 그렇듯이 대충 아프다 말겠거니 생각했는데, 오산이었다. 정말 무섭게 질책했다. 입술이 부르르 떨릴 정도로 고통이 심했다.

한국에서라면 사정이 나았을 것이다. 몇 천 원이면 항생제가 듬뿍 든 주사를 맞고, 약국에서 처방전을 주고 구입한 진통제와 소염제로 고통을 살살 달랠 수 있을 것이다. 하지만 여기는 지구 반대편 쿠바, 사정이 만만치 않다. 어떻게 병원을 찾아갈 것이며, 어떻게 의사에게 이 고통을 털어놓을 것이며, 어떻게 의사의 처방을 받을 것이며, 어떻게 시술을 받을 것인가.

여행 중에 아픈 것. 세상에 이보다 아프고 서러운 게 또 있을까. 제아무리 여행에 이골이 난 사람이라도 쑤시고 꼬집고 할퀴고 뒤통수 팍팍 내리칠 만큼 아플 때는 눈물 쏙 뺄 수밖에 없다. 집이 그리울 수밖에 없다. 사람은 아프고 난 뒤 큰다. 세상에 오직 나만 존재한다는 오만함이 산산이 부서지고 나야 주변을 돌아보게 된다. 고통은 누구에게나 평등하다. 그러나 스스로 고통에 함몰되기 전에는 이 진리를 인정하기가 쉽지 않다. 아버지를 잃은 뒤에야 아버지의 소중함을 알고, 사랑을 잃은 후에야 사랑의 의미를 깨닫게 된다. 고통이 클수록 나락이 깊을수록 깨달음도 크다. 그래야 사람이 큰다. 조금 더 세상을 이해하려 하고, 세상과 눈높이를 맞추려 한다.

아이나 어른이나 앓고 나면 꼭 한 가지 배운다. 첫돌을 넘긴 아들이 그랬다. 지독한 감기에 걸려 수시로 까무러쳤던 그 아이가 사흘 밤낮을 앓은 뒤 갑자기 입을 열었다.

아빠!

이 한마디에 나는 아빠가 됐다. 이 아이에게 세상 그 무엇보다 소중한 존재가 됐다. 그러나 너무나 흔해빠진, 이 평범한 진리를 깨닫기까지 나는 살아온 인생의 절반을 허비했다. 그리고 전율했다. 앞으로 또 얼마나 많은 평범한 진리를 알게 될 것이며, 또 그 평범한 진리조차 알아채지 못한 채 허겁지겁 살아온 날들을 후회할까.

사랑니가 안겨준 고통은 사흘 밤을 고비로 끝났다. 나는 다시 기운을 차렸다. 아무 일 없었다는 듯이 아바나Habana의 거리를 거닐었고, 말레콘Malecon 방파제에서 노래를 팔고, 그림을 팔고, 시거를 팔고, 이야기를 파는 사람들과 가벼운 이야기를 주고받으며 소일했다. 사랑니가 던지고 간 인생의 숙제는 봄날 눈 녹듯이 잊어버렸다.

망각.

내가 사랑니에 대한 고통스런 기억을 잊으려 해서가 아니다. 고통이 스스로 자취를 감춘 것이다. 망각이란 괴물이 슬그머니 그 기억을 데리고 간 것이다. 그러나 나는 안다. 이 치 떨리는 고통의 순간이 또 언젠가 찾아올 것이고, 그 고통을 받아들이며 나는 성숙할 것이다. 죽는 순간까지 성숙할 것이며, 최후의 순간에 가장 큰 인생의 고통과 만나게 될 것이다. 다만 지금은 여행 중. 고통이 오지 말기를, 지난 고통까지만 성숙하기를 빌 따름이다.

향수를
팔다

아바나 카피톨리오Capitolio 계단에 앉아 있으면 아주 특별한 차들이 눈에 띈다. 1950년대 미국에서 만들어진 셰브롤렛이다. 미국에서는 박물관에서나 볼 수 있는 이 골동품 같은 차들이 쿠바에서는 지금도 버젓이 현역 택시로 거리를 누빈다.

이 셰브롤렛 택시의 외관은 반짝반짝 윤이 난다. 그러나 막상 차에 오르면 속은 자전거보다도 못하다. 이 차가 어떻게 굴러갈까 싶다. 이 같은 우려는 종종 눈으로 확인할 수 있다. 신호대기 중에 시동이 꺼져 출발도 못하는 일이 수시로 벌어지기 때문. 그러나 당황할 필요는 없다. 아바나에서 자동차가 가다 서는 일은 아주 흔한 일이다. 그저 50년 전 추억의 차를 타는 행운을 얻은 것에 만족하시라.

거리의 사진사도 당신을 추억의 세계로 안내할 것이다. 그의 주 무대는 카피톨리오 계단이다. 그의 사진기는 조금 특별하다. 사진기가 처음 발명되었을 때 만들어진 사진기와 아주 흡사하다. 판자로 만든 사진통에 각목을 덧대 만든 트라이포드가 전부다. 그러나 무시하지 마시라. 이 사진기는 쿠바에서 몇 대 되지 않는 즉석카메라다. 사진을 찍고 난 뒤 즉석필름을 현상액에 묻혀 몇 분쯤 흔들면 방금 찍었는데도 20년 전 찍은 흑백사진마냥 빛바랜 사진을 손에 쥘 수 있을 것이다.

스페인 식민의 향기가 물씬한 구시가지로 가면 화사한 쿠바 전통의상을 입은 여인들이 기다리고 있다. 붉고 파랗고 노란 원색의 원피스를 입은 여인들이 붉고 파랗고 노란 원색의 꽃이 담긴 꽃바구니를 들고,

다른 한 손에는 만년필 두 개를 합쳐놓은 것만큼 긴 시거를 들고서 말이다. 그러나 함부로 사진을 찍지 마시라. 카메라 셔터를 누르는 순간 당신은 그들에게 돈을 지불해야 할 의무가 생긴다. 만약 지불을 거절한다면 당신은 참 싸가지 없는 여행자로 낙인찍힐 것이다.

거리의 악사. 아바나의 거리에서 흔하게 볼 수 있는 이들이다. 낭만과 흥이 넘치는 카리브의 음악. 트럼본이나 기타, 더블베이스 같은, 카네기홀에서 공연하는 교향악단의 연주에서나 볼 수 있는 악기들을 들고 연주하는 쿠바의 뮤지션들. 참 볼 만하다. 그러나 그 낭만을 사진에 담으려고 한다면 먼저 돈을 지불해야 한다. 그들은 쉽게 연주하지 않는다. 외국인이 나타났을 때, 그것도 한 소절만 연주한다. 사진을 찍으려고 하면 돈을 요구한다. 뮤지션이라기보다 거리의 모델에 가깝다. 그러나 불평하지 마시라. 안 찍으면 그만이다.

체 게바라를
만나다

산타클라라Santa Clara의 체 게바라 무덤에서 온종일 있었다. 이른 아침
부터 저녁 햇살이 마차 바퀴를 따라 길에 번질 때까지 그곳에서 오래
오래 그와 마주했다. 그와 마주하고 읽으려 준비했던 그의 평전을 꺼
내 읽었다. 가끔씩 파란 하늘을 응시하는 그를 바라보며 하루를 보냈
다. 그와 함께 하면 이렇게 보내는 하루가 하나도 아깝지 않았다.

그를 만난 것은 대학시절이다. 베레모를 비딱하게 눌러쓴 채 먼 곳을
응시하던 깊은 눈의 사내, 그가 바로 체 게바라였다. 20세기 마지막 낭
만주의 혁명가로 소개되었던 체 게바라의 사진 한 장은 파란만장한 그
의 삶을 알기도 전에 나를 흥분시켰다. 그의 사진을 보는 것만으로도
그가 품었던 열정 속으로 빨려들 것만 같았다.

그처럼 살고 싶었다. 그처럼 정의의 편에 서서 혁명의 불꽃을 피우다 사
라지고 싶었다. 그러나 젊음의 불꽃이 사그라지고 결코 끝나지 않을 것
같은 긴 상실의 시대가 왔을 때, 다시는 꿈과 이상을 향해 내 영혼이 활
활 타오르지 못할 것이라는 자괴감에 빠졌을 때 그는 슬며시 내게 다가
왔다. 늘 한 치의 흔들림도 없이 나아갔던 그가 내게 손을 내밀었다.

나의 꿈에 한계는 없다!

맞다. 꿈에는 한계가 없다. 돌이켜보면 내가 절망했던 시간들, 그때 나

는 내가 만들어놓은 생각의 틀에 갇혀 있었다. 세상은 결코 뒷걸음질 치지 않고 뚜벅뚜벅 앞으로 걸어간다는 것을 믿지 못했던 것이다. 세상이 내가 원하는 만큼 빠르게 움직이기만을 바랐던 것이다. 그러다 제풀에 지쳐 먼저 좌절한 채 꿈을 놓아버렸던 거고. 그 좌절의 늪에서 허우적거리다 다시 체 게바라를 만났다. 체 게바라가 남긴 그 한마디, '나의 꿈에 한계는 없다'는 그 말이 다시 나를 꿈꿀 수 있게 했다. 다시 홀홀 털고 일어나게 했다.

나를 쿠바로 이끈 절반의 손길이자 이유였던 체 게바라. 이제 그와 작별할 시간이다. 나는 가방에서 고이 간직한 시거 하나를 꺼냈다. 아바나의 시거공장을 견학하면서 사둔, 체 게바라가 가장 좋아했다는 로미오 앤 줄리엣 시거다.

HASTA
LA VICTORIA
SIEMPRE

고마워.

나를 다시 일으켜줘서.

나를 이곳까지 이끌어줘서.

춤은,
노래는 본능

그들은 언제고 흔들릴 준비가 되어 있다.
열대에서 불어오는 뜨거운 바람은
그들을 가만 놔두지 않는다.
어디서고 음악만 흘러나오면
더운 피를 어쩌지 못하고 온몸을 흔든다.
열정에 찬 그 몸짓을 살사니 맘보니 하는 식으로
이름 붙이는 건 의미가 없다.
춤은, 노래는 그들의 본능이고
그들은 몸이 흔들릴 때 살아있음을 느낀다.
여기는 카리브해의 진주, 쿠바다.

부에나 비스타
소셜 클럽

소박한 노장의 전설. 부에나 비스타 소셜 클럽Buena Vista Social Club을 한 마디로 정의하자면 이렇다. 루벤 곤잘레스, 이브라임 페레르, 꼼빠이 세군도. 이들은 쿠바 혁명 이전 아바나의 유명한 사교 클럽 부에나 비스타 소셜 클럽에서 활동하던 뮤지션들이다. 그러나 이들은 혁명 이후 사교 클럽이 문을 닫으면서 뿔뿔이 흩어져 음악과는 전혀 다른 인생을 살아왔다. 피아노 없는 피아니스트로, 구두닦이로, 이발사로 험난한 인생을 살아가고 있었다.

이들의 운명이 요동친 것은 1996년. 이 전설적인 뮤지션들의 존재를 알게 된 미국의 음반 프로듀서 라이 쿠더는 쿠바로 건너가 멤버들을 한자리에 모았다. 아바나의 허름한 스튜디오에 다시 모인 이들은 형형한 눈빛으로 생애 첫 음반 작업에 참여했다. 음반을 만드는 데 걸린 시간은 단 엿새. 1997년에 발매된 이 음반으로 이듬해 그레미상을 받았고, 한국에서만 12만 장의 앨범이 팔리는 등 세계적인 성공을 거뒀다. 2년 뒤에는 이들이 살아온 기구한 스토리까지 더해져 영화가 만들어졌다. 그 후로도 많은 쿠바 뮤지션들이 부에나 비스타 소셜 클럽의 멤버로 활동하고 있지만 원조 노장들인 이들 세 명은 2003~2005년 사이에 모두 세상을 떠났다.

처음 그들의 노래를 접했을 때는 조금 가벼운 느낌이었다. 리듬과 노래가 바싹 마른 빨래처럼 나풀거렸다고나 할까. 3옥타브를 넘나드는 발라

드풍의 호소력 짙은 보이스를 좋아하는 나의 취향과는 조금 거리가 있었다. 다만, 음악 깨나 한다는 사람들이 그들을 추앙하듯이 말하는 통에 나도 그런 부류에 뒤지지 않고 싶은 자격지심에 항상 차에 그들의 CD를 가지고 다녔다.

언제부터였을까. 그들의 노래가 진짜로 들리기 시작했다. 기름기 쫙 뺀 담백한 노래의 진정한 가치에 눈이 트인 것이다. 이들이 부르는 노래는 감상하기 위한 노래가 아니다. 누군가를 위한 자리, 사람들이 만나 웃고 이야기를 나누고 술잔을 부딪칠 때 진가를 발휘하는 노래다. 이들이 아바나의 사교 클럽에서 활동했던 것처럼, 클럽을 찾은 손님들이 편안한 분위기에서 즐길 수 있게 베푸는 노래다. 흥겹지만 요란스럽지 않고, 연인의 손을 잡고 춤을 출 수도 있지만 리듬에 맞춰 고개만 끄덕여도 크게 나쁘지 않은, 칵테일이나 맥주로 가볍게 목을 축일 때 빛나는 음악이다. 그들의 노래는 주연이 아닌 조연이었던 것이다. 자신들이 주목받는 게 아니라 누군가를 주목받게 하기 위해 노래를 했던 것이다. 그래서 자극적이지 않고, 애절하거나 절규해야 할 이유가 없었던 것이다.

한 가지 더. 부에나 비스타 소셜 클럽은 쿠바에 지천이다. 그들은 지금도 아바나의 레스토랑이나 카페에서 사람들의 대화를 방해하지 않으면서 그들의 만남에 흥을 불어넣어 주고 있다.

Caravansary
by Kitaro

S I L K R O A D

마음의 여로旅路, 실크로드

신기루,
오아시스를 향한 근원적 갈망

신기루를 봤어. 오전 내내 둔황Dunhuang 막고굴의 벽화를 돌아본 뒤 투루판Turpan으로 가는 기차를 타기 위해 타클라마칸 사막을 가로질러 갈 때였어. 황량한 사막 저 멀리에 아른아른 호수가 보이는 거야. 그건 분명히 호수였어. 하지만 그 호수가 신기루라는 게 믿어지지가 않는 거야. 적어도 신기루는 어떤 극적인 상황, 사막에서 생존을 다투는 마지막에 보여야 하는 거 아냐?

하지만 나는 길을 잃지도 않았고, 지친 낙타를 타고 사막을 건너고 있지도 않고, 목이 타들어가는 갈증에 정신이 혼미하지도 않아. 내가 탄 버스의 냉방장치는 아주 훌륭해. 이렇게 쾌적한 조건에서 실크로드 탐험(?)을 하는데 신기루가 보인다는 게 조금 낯설지 않아? 하지만 그건 분명히 신기루였어. 그 호수는 버스가 가까이 다가가면 다시 멀어지는 거야. 아예 사라지는 게 아니라 버스가 간 만큼 물러서는 거지.

모래도 까맣게 타들어 갈 만큼 태양이 뜨거운 타클라마칸 사막에서는 신기루가 일상이야. 오아시스를 향한 갈망이 만들어내는, 세상에 존재하지 않지만, 그렇다고 없는 것도 아닌 신기루. 사람 사는 일도 신기루를 보는 것 같은 걸까. 세상에 존재했던 모든 것들, 진시황도 병마용도 만리장성도 막고굴도 실크로드를 오가던 숱한 이야기들도, 시간이란 긴 터널을 지나면 다 사라지게 마련이야. 가뭇없이.

우리가 바라는 거

우리가 되고 싶은 거

우리가 갈망하는 거

그 모든 게 신기루야.

내 이야기를 듣고 있는 당신도.

경계를
넘어

카슈가르Kashghar 시내 작은 호텔의 아침. 일행들이 많이 지쳤다. 시안 Xian에서 실크로드를 따라 출발한 여정은 비행기와 버스, 기차, 낙타, 말 등 탈 것은 다 타가면서 타클라마칸 사막의 북쪽 루트를 따라 왔다. 가욕관에서 명사산까지는 버스를 타고 꼬박 열여섯 시간 동안 비포장 도로를 달렸고, 둔황에서 투루판까지는 다시 하룻밤을 꼬박 새며 기차 를 타고 갔다. 그 사이 일행들은 돌아가면서 한 명씩 배탈이 났다. 매 일 기름진 음식을 먹는 데다 날이 덥다고 찬물만 마신 탓이다. 열악한 화장실을 꼽자면 당연히 세계 제일인 중국. 중국을 여행하면서 가장 견디기 힘든 고통이 무엇인지는 말 안 해도 잘 알 것이다.

아침을 먹으려고 뷔페를 돌던 일행들이 대부분 빈 접시를 들고 돌아왔 다. 그건 오랜 여행으로 지쳤기 때문만은 아니었다. 먹을 게 없었던 것 이다. 아침을 위해 차려놓은 식탁은 따뜻한 우유와 호두, 건포도, 땅콩 등의 견과류, 삶은 계란이 전부였다. 적어도 쌀죽이나 따끈한 수프를 기대했던 우리에게는 참 생경스런 아침이었다.

언제부터였을까. 경계를 넘었다는 생각이 들었던 것은. 아마 우루무 치Wulumuchi에 도착할 때부터였던 것 같다. 타클라마칸 사막의 북쪽 에 자리한 이 도시는 한족이 절대다수를 점한 베이징이나 상하이 같은, 우리가 알고 있는 중국과 거리가 멀다. 눈이 깊고 코가 큰 이곳 사람 들의 몸에는 유목민의 피가 흐른다. 돼지나 소가 아닌 말과 염소 같은,

광야를 자유롭게 뛰어다니는 가축이 그들의 자산이다. 그들의 안식처는 모스크Mosk이고, 그들에게 구원의 손길을 내미는 이는 알라신이다. 시안에서 우루무치까지는 실크로드 전체의 반의반. 로마에 닿을 때까지는 또 문명의 경계를 몇 개나 더 넘어야 한다. 그 경계를 넘을 때마다 우리는 당혹감을 느낄 것이다. 아침으로 호두와 건포도를 내미는 이곳처럼 말이다. 실크로드는 문명의 경계를 넘고 넘어가며 동서양 문물을 실어 날랐다.

길의 끝은 다시 길이다. 경계는 구분을 위한 것이 아니다. 경계는 다른 세계와 만나는 길의 시작이다. 또 경계에 섰다면 이제 그 문명을 받아들여야 한다. 로마에 가면 로마의 법을 따르듯이. 나는 일행들이 보란 듯 호두와 땅콩을 가져와 우걱우걱 씹었다. 나는 지금 경계를 넘는 중이다.

진심인 남자,
반만 마음을 연 남자

유목민 텐트에 불쑥 들어갔던 것은 아마도 고소증 때문이었으리라. 그렇지 않았다면 어찌 그렇게 무례할 수 있었을까. 해발 4,500m가 훌쩍 넘는 곳에서 사진을 찍겠다고 이리저리 뛰어다니다가 덜컥 고소증에 걸린 것이다. 누군가 지갑을 훔쳐가도 그저 멍하니 바라보기만 한다는, 옳고 그름에 대한 판단이 좀처럼 서지 않는다는 고소증에 걸려 사리판단을 하지 못하고 있는 것이다.

처음에는 그저 머리가 띵한 정도였다. 배 멀미를 한 것처럼 약간 어질어질하고 정신이 몽롱했다. 그러나 점심을 먹고 나자 고통이 점점 심해졌다. 이마에서 귀밑머리를 따라 빙 돌아가면서 바늘로 콕콕 찌르는 것처럼 쑤셨다. 아, 이 한심한 인간. 윈난성 샹그리라를 갈 때도, 에베레스트 베이스캠프를 오를 때도, 스위스 융프라우에 섰을 때도 철저히 지켰던 그 원칙, 고산에서는 방귀를 뀌다가도 고소증에 걸릴 수 있기 때문에 움직일 때는 항상 슬로 모션이어야 한다는 것을 깜빡한 것이다. 어쩌면 그렇게 깜빡한 것이 고소증의 초기증세일지도 모른다.

인도로 가는 실크로드의 한 길이자 히말라야를 넘어 파키스탄과 중국을 이어주는 카라코람 하이웨이의 정점 훈저랩 패스Khunjerab Pass. 혜초가 석가모니의 지혜를 찾아 천축국을 찾아갔던, 고구려 출신 당나라 장수 고선지가 티베트 토번국을 정벌하러 갔던 그 고개다. 시안에서 실크로드를 따라온 열흘간의 일정은 이 고개 아래, 설산이 병풍처럼 휘둘러 쳐진 호수가 종착점이다. 이곳에서 주어진 시간은 30분. 다시 카슈가르까지 돌아가려면 시간이 만만치 않기 때문이다. 또 온몸이 오그라들 만큼 추운 날씨도 한몫을 했다. 섭씨 40도에 육박하는 타클라마칸 사막을 지나왔는데, 이곳은 눈이 분분하게 내렸다. 그 속에서 히말라야를 사진에 담아보겠다고 이리 뛰고 저리 뛰었으니 고소가 올 수밖에.

자신의 텐트에 불쑥 뛰어든 낯선 사내를 보고 노인은 적잖이 당황하는 눈빛이었다. 나도 불쑥 안으로 들어는 갔지만 어찌할 바를 몰랐다. 잠시 침묵이 이어졌다. 표정을 먼저 바꾼 것은 노인이었다. 그가 카펫 위로 나를 이끌었다. 나의 방문이 얘기치 않은 것이었지만 노인은 나를 손님으로 대접했다.

노인 곁에 손자를 안은 부인이 앉아 있었다. 그녀도 이 예기치 않은 상황에 적잖이 놀랐지만 노인의 행동을 가만히 지켜만 봤다. 우리는 서로를 보며 어색한 웃음만 주고받았다. 말이 통하지 않기 때문에 우리가 나눌 이야기는 없었다. 그는 그저 내가 호기심어린 눈으로 바라보는 것들을 집어서 내게 보여주었다. 나 또한 그가 눈을 떼지 못하는 카메라를 갈퀴 같은 그의 손에 쥐어주고 뷰 파인더를 보여주는 정도밖에 달리 할 게 없었다. 나의 예상치 못한 방문은 그것으로 끝이 났다.

텐트 밖으로 나왔을 때 노인이 배웅을 나왔다. 다시 나눌 수 있는 말이 없어 그에게 악수를 청했다. 트고 갈라지고 손톱 밑에 때가 꼬질꼬질 낀 노인의 손이 덥석 내 손을 잡았다. 손이 아플 정도로 억센 손길이 느껴졌다. 나는 이별의 형식을 갖추기 위해 악수를 나누자고 한 것인데, 그는 진심을 담아 온 힘을 주며 악수를 하는 것이다. 그는 내가 탄 버스가 사라질 때까지 그 자리에 서서 손을 흔들었다.

그와 나는 다시 만날 일이 없을 것이다. 여행길에 스쳐 지나는 짧은 만남은 늘 그렇게 쉽게 잊히고 지워진다. 여행은 그렇게 채운 만큼 비우면서 이어지는 법이다. 하지만 그는 스쳐 지나면 그만인 그 짧은 만남에서도 진심을 다했다. 그와 내가 다른 것. 그는 진솔했고 나는 마음의 문을 반만 열었다는 것이다.

서른
즈음에

서른이 되던 해의 봄은 힘겨웠다. 실존의 열병을 앓던 사춘기에 이어 두 번째 찾아온 시련이었다. 그해 봄 7년 간 이어오던 사랑은 허망하게 끝이 났고, 열정을 불살랐던 잡지사는 사장과의 불화로 책상을 뒤엎고 나왔다. 한순간에 세상에서 버림받은 느낌이었다. 불행하게 살다 간 사나이는 고흐가 아니라 바로 나라고 역설하고 싶을 만큼 절망스럽던 시간들.

꽃샘추위가 매섭던 날, 땅끝이 있는 해남행 버스에 올랐다. 어떻게 해남에 있는 고정희 시인(1948~1991)의 생가에 머물게 됐는지에 대해서는 말하지 않겠다. 이야기가 길다. 나는 고정희 시인의 생가에서, 시인이 작고한 뒤 광주에 있던 서재를 고스란히 옮겨놓은 그곳에서 석 달을 살았다. 시인의 서재에는 2천여 권의 장서가 꽂힌 책장이 있었고, 책장 한쪽 구석에는 검은색 기타 케이스와 커다란 여행가방 두 개가 있었다. 햇살이 가득 밀려드는 창가에는 마음이 차분히 가라앉게 만드는 책상이 있었다. 책상 위에는 꾸밈없이 웃고 있는 시인의 흑백사진이 놓여 있었다. 두 개의 방을 터서 만든, 천장을 떠받치는 기둥만 남은 서재의 중앙에는 낡은 턴테이블과 레코드판이 가득 했다.

무논에서 개구리가 자지러지게 울던 밤. 청승맞게 봄비가 추적추적 내렸다. 홀로 빗소리를 듣기에는 너무 쓸쓸하고 허전했다. 나는 서재를 서성이다 습관처럼 레코드판을 뒤적였다. 그리고 '천축'이란 레코드판

하나를 찾았다. NHK에서 제작한 TV 다큐멘터리 시리즈 〈실크로드〉 배경음악을 모은 음반이었다. 〈실크로드〉는 고등학교 재학시절 TV에서 몇 편 본 기억이 있었다. 그때는 다큐멘터리에 등장하는, 둔황의 동굴벽화나 낙타를 타고 가는 타클라마칸 사막 등은 참 멀고 먼 나라의 이야기였다. 그러면서도 유심히 〈실크로드〉를 봤던 것은 사람을 끄는 묘한 마력의 배경음악 때문이었다.

나는 턴테이블에 레코드판을 올렸다. 시인이 죽은 뒤 한 번도 바꿔주지 않은 턴테이블의 바늘은 조금 둔탁했지만 그곳에서 흘러나오는 음악은 내 기억 속에 간직된 느낌 그대로였다. 눈을 감자 실크로드를 오가는 대상의 행렬, 순례자처럼 숭고한 낙타 무리가 그려졌다. 타클라마칸 사막을 황금빛으로 물들이는 석양도 선명하게 기억이 났다. 음악은 내 기억 속에 간직된 다큐멘터리의 장면들을 하나씩 하나씩 끄집어 냈다.

나는 판이 다 돌면 다시 바늘을 처음으로 돌려놓았다. 듣고 또 들어도 그 짙은 호소력은 물리지 않았다. 그날 밤, 세상은 봄비에 젖고 나는 실크로드에 젖었다.

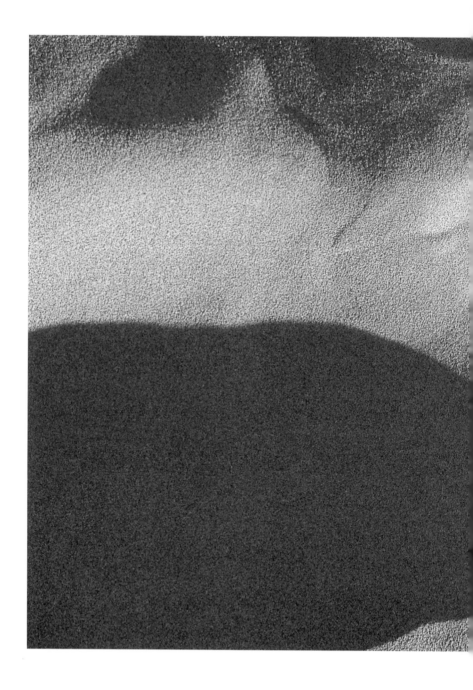

그날 밤 나는 꿈속에서도 낯설고 먼

서역으로 여행을 떠났다.

시절은 지나간다. 흐르지 않으면 강물이 아니듯이 흘러가야 인생이다. 서른 살, 생인손을 앓듯이 아파했던 그 시절도 지나갔다. 그냥 지나간 것이 아니다. 어린 나무에 불과했던 내게 생채기를 주고, 그 생채기가 아물어 단단한 옹이가 되게 했다. 그 옹이는 오늘의 나를 지탱하는 큰 힘이다.

그 후로도 사는 일은 아팠다. 절망의 깊이로 치자면 서른을 통과하며 겪은 시련은 절반에도 차지 않을 아픈 순간도 있었다. 그래도 그 아픈 순간들을 견뎌낼 수 있었던 것은 서른을 통과하면서 단단해진 인생의 옹이 때문이다. 서른의 나를 위로해준, 봄비 내리던 밤 나를 뜨겁게 적셔준 기타로Kitaro에게 오늘의 내가 감사를 전한다.

Gülümcan
by Ahu Saglam

카파도키아

CAPPADOCIA

가장 경건하고
성스러운 지구별에서

카파도키아로 가는
먼 길

파묵칼레Pamukkale를 출발한 버스는 온종일 달렸다. 그 버스 안에서 나는 열에 들떴다. 머릿속은 온통 헝클어졌고, 배 멀미를 하는 것처럼 어질어질했다. 소나기 탓이다. 석회암이 1만4천 년 동안 온천수에 녹아내려 계단식 논처럼 층을 이룬 곳, 눈보다 새하얀 석회암반 위에 에메랄드색 물이 고여 있는 파묵칼레에서 갑작스럽게 내린 소나기에 홀딱 젖은 탓이다. 비 피할 곳을 향해 뛰다가 앞니가 두 개나 빠진 양치기 노인이 활짝 웃으며 반기는 통에 그와 마주친 눈을 거두지 못하고 나도 따라서 활짝 웃고만 있었다. 그러다 감기에 걸린 것이다.

버스를 타고 가는 내내 정신이 널을 뛰었다. 안탈리아Antalya 해변에서 만났던, 히피의 몸에서 풍기던 진한 노린내와 이즈미르Izmir 항구를 거닐 때 낡은 트럭이 내뱉고 간 매캐한 매연, 파묵칼레 온천수에서 풍겨나던 삶은 달걀 냄새, 형제여!(그렇게 말하는 것 같았다)를 외치며 나를 와락 끌어안던 노인의 입에서 풍기던 독한 담배 냄새가 한데 엉켜 내 머릿속에서 빙글빙글 도는 것 같았다. 또 목은 생선가시가 걸린 것처럼 아파서 침을 삼키기도 어려웠다.

그러나 버스는 쉬지 않고 계속 달렸다. 나의 고열과 혼돈스러움을 꽤넘치 않았다. 그 사이 우리 일행은 실크로드를 오가던 대상의 숙소였던 사라이Saray를 개조해 만든 식당에서 점심을 먹었고, 인근 사원에 들러 어느 왕족의 무덤도 봤다. 그 일정을 따라가는 일은 무척 고통스러웠다. 하지만 나에게 선택의 여지는 없었다. 일행이 있다는 것은 그런 것이다.

결코 버스를 멈출 수는 없는 일이다. 버스는 오늘 열두 시간을 달려 카파도키아Cappadocia에 닿을 것이다. 그것이 이 버스에게 주어진 임무이자 이 버스를 타고 있는 여행자들의 운명이다. 분명한 것은 내가 이 정도의 고열로 죽지는 않을 것이며, 다른 일행들도 내가 감기에 걸린 일 따위는 여행 중에 겪게 되는 백 가지 일 가운데 하나쯤으로 치부할 것이란 점. 그래서 버스를 멈출 수가 없었다. 나는 그저 버스의 맨 뒷자리를 독차지한 채 큰 대자로 누워 있을 수밖에.

세마
댄스

돈다. 자꾸 돈다. 쉬지 않고 돈다. 팽이처럼 빠르게 돈다.

카파도키아 암굴 레스토랑. 신비주의 이슬람교 수도승 차림의 사내가
춤을 춘다. 한 방향으로 빠르게 돈다. 양손을 하늘 향해 벌린 채 계속
해서 맴을 돈다. 도는 속도가 점점 빨라질수록 흰색 두루마리는 점점
넓게 퍼진다. 손가락으로 빙글빙글 돌려 만드는 피자 도우처럼, 근육
질의 운동선수가 온몸을 회전시켜 던진 원반처럼 두루마리가 둥근 원
을 그리며 빙글빙글 돌아간다.

수도승들은 저 춤을 통해 신과 교감할 수 있다고 믿는다. 몇 분 동안
쉬지 않고 수십 수백 바퀴 맴을 돌다 보면 어느 순간 무아지경에 이르
게 되고, 그때 신이 방문한다는 것이다. 자신을 온전히 내려놓을 때 내
가 누구인지조차 잊어버리고 모든 생각의 끈이 돌아가는 원심력을 견
디지 못하고 중심에서 모두 이탈한 그때 신과의 만남이 허락된다는 것
이다. 다만 내가 신기한 것은 그 순간까지 맴을 도는 일이다. 나는 코
끼리코를 하고 열 바퀴만 돌아도 하늘과 땅이 뒤집어진다. 빙글빙글
돌며 세마댄스를 추는 모습만 봐도 어지러워 구토가 인다. 감기에 걸
려 정신이 혼미할 때는 더욱 그렇다. 나는 끝내 세마댄스를 다 보지 못
하고 암굴 레스토랑 밖으로 뛰쳐나왔다. 고성처럼 솟은 버섯바위 위로
보름달이 걸려 있었다.

구름처럼
풍선처럼 날다

지구라는 별을 하늘에서 본 적이 있니? 비행기처럼 빠르게 날아가면서 본 것 말고, 위성사진처럼 너무 높은 곳에서 찍은 것 말고, 너무 높지도 너무 낮지도 않게, 이카루스가 날고 싶었던 하늘만큼, 독수리가 먹잇감을 찾아 선회비행 하는 그 높이에서 뭉게구름처럼 헬륨가스를 넣은 풍선처럼 두둥실 떠가면서 지구를 본 적 있니?

만약 그런 기억이 없다면 한 번쯤은 그 높이에서 지구를 보고 싶다면 카파도키아에서 날아 봐. 열기구를 타고 하늘로 올라가 봐.

버섯 모양 바위 수만 개가 계곡에 솟아 있는 그곳. 손으로도 굴이 파진다는 그 무른 바위에 이천 년 전 종교 박해를 피해온 기독교인들이 암굴집도 짓고 교회도 짓고 1만2천 명이 함께 살 수 있는 지하도시도 지은 곳. 영화 〈스타워즈〉에 우주의 행성으로 등장하고 스머프가 살던 버섯집으로도 나온 그곳에서 땅에 닿을 듯이 영영 우주로 날아갈 듯이 높게 드높게 두둥실 날아 봐.

바위가 들려준
거룩한 찬송가

카파도키아 젤베Zelve 계곡의 전망대에서 버섯바위를 바라보고 있을 때다. 어디선가 음악이 들려왔다. 그 음악을 듣는 순간 10만 볼트 전류에 감전된 것처럼 몸이 굳어버렸다. 모든 감각이 일시에 마비되고 오직 그 소리만이 아나콘다의 거대한 몸통처럼 내 머릿속을 칭칭 감기 시작했다. 나는 그 자리에 붙박이처럼 선 채 신비로운 선율에 넋을 잃고 빠져들었다.

그건 바람의 노래였다. 바람에 실려 온 고대인의 목소리였다. 신앙을 지키기 위해 개미집처럼 땅을 파고 들어가 그들만의 신전을 구축한 기독교인들이 죽음보다 고단한 삶을 살면서도 결코 포기할 수 없었던 신에 대한 끝없는 헌신과 갈망, 기꺼이 순교의 길을 걸어가는 이들의 체념과 절대자를 향한 굳은 의지가 담긴 거룩한 찬송가와 같았다.

나는 그 음악이 흘러나온 곳을 찾기 시작했다. 음악은 길 건너편 기념품 숍에서 흘러나왔다. 나는 주문에 걸린 사람처럼 가게로 향했다. 주인이 화색을 띠며 나를 맞았다. 나는 손으로 스피커를 가리켰다. 주인은 눈을 동그랗게 뜨고 나를 바라봤다. 내가 말하는 뜻을 알아채지 못한 것이다. 나는 다시 뮤직 플레이어를 가리켰다. 그래도 주인은 내 마음을 읽지 못한 채 여전히 웃는 얼굴로 나를 바라봤다. 나는 포기하지 않았다. 나는 뮤직 플레이어를 가리키면서 귀에 손을 대고 듣는 시늉을 했다.

아!

그제야 사내의 얼굴에 함박웃음이 번졌다. 그는 가게 안으로 들어가 CD 한 장을 들고 나왔다. 나는 그에게 냉큼 CD를 빼앗아 가방 깊숙한 곳에 넣었다. 나는 확신했다. 이번 여행에서 내가 건진 가장 값진 보물은 이 CD라고.

나는 이 음악을 만들고 연주한 이들을 모른다. 딱히 알려고 하지도 않았다. 이 노래 「Gülümcan」을 들으면 그냥 좋다. 일부러 이 곡을 만든 이들의 신상명세를 캘 이유가 없는 것이다. 실령 이 서글픈 가락이 카파도키아에 내재된 고난의 역사와 무관하더라도 나는 상관없다. 왜, 그냥 좋으면 된 거니까.

나에게 「Gülümcan」은

가장 경건하고 성스러운 것에 대한 희생과

거스를 수 없는 숙명에 대한

복종으로 기억될 것이다.

Anak
by Freddie Aguilar

BOHOL

문득 어른이 된
사람들을 위한 위로

어느 날
문득

스무 살 먹던 해 가을 아침
마당에서 마주친 아버지가 편한 미소로 말씀하셨다.
묘 자리를 봐놓고 왔다고.
그땐 아버지가 참 뜬금없다고 생각했다.

서른한 살 먹던 해 여름
장맛비가 무성하게 쏟아지던 날 아버지는 하늘나라로 떠나셨다.
아버지는 자신이 봐놓은 묘 자리에 묻혔다.
그때, 돌아갈 자리를 준비해 놨다던
아버지의 마음이 어렴풋이 헤아려졌다.

결혼을 하고
아이가 생기고
주름살처럼 세월의 더께가 쌓이면서
문득, 내가 어른이 됐다는 것을 느끼곤 한다.
그러니까 신해철이 부른 「아버지와 나」란 노래가
찔레꽃 가시처럼 가슴을 아프게 찌를 때
우리의 아버지들은 수줍고
다정하게 뺨을 부비며 말하는 법을 배운 적 없다는

그 노랫말이 절절하게 다가올 때
이제 나 역시 어른이 됐다고 느낀다.

면도를 하다가 거울 속에 비친 내 얼굴 위로
아버지의 얼굴이 겹쳐질 때
잠든 아내의 서늘한 이마를 오래도록 지켜보고 있을 때
자고 나면 쑥쑥 커버리는 아이가 아쉽고 섭섭할 때
무슨 일을 도모하려다가도 뒷감당부터 걱정될 때
후줄근한 쓰리 버튼 양복을 입고 버스를 기다릴 때
집으로 돌아가는 골목길이 터널처럼 길고 멀게 느껴질 때
지금은 폐교된 초등학교에 가보고 싶을 때

문득 문득
내가 어른이 되었음을 느낀다.

1만 7,107개의 섬
가운데 하나

필리핀 세부Sebu에서 쾌속선으로 세 시간 거리의 섬. 1만 7,107개의 섬
가운데 하나. 산봉우리가 키세스 초콜릿처럼 몽글몽글 솟아 있는 초콜
릿홀이 있고, 담뱃값만큼 작은 안경원숭이가 사는 곳. 마을마다 큰 길
을 닦고, 초가집을 슬레이트 지붕으로 교체하던, 새마을 운동이 한창
이던 70년대 한국을 닮은 섬마을. 꼭 그 시절의 우리네 장터에서 만난
아저씨와 형 같은 사람들이 살고 있는 섬. 한적한 해변에 *방카Bangca
가 살랑살랑 떠 있고, 검푸른 바다에서는 싱싱한 생명력을 자랑하는
돌고래가 불쑥불쑥 튀어나오는 섬. 오래도록 때 묻지 않고 그대로 보존
되었으면 하는 마음이 간절한 1만 7,107개의 섬 가운데 하나. 아니 1만
7,107개의 섬 가운데 유일한 섬, 보홀Bohol.

*방카 필리핀의 전통 배. 배 좌우에 기다란 나무로 날개를 달아 균형을 잡아주게 한다.

우기의
수상파티

장대비다. 우기에 제대로 걸린 소나기는 앞을 분간키 어렵다. 로복Ro
bok강이 안개가 낀 것처럼 자욱했다. 어디선가 강물을 난타하는 빗소
리에 섞여 어렴풋이 노랫소리가 들렸다. 어디서 나는 것일까?

강물 위에 무언가 있다. 배처럼 떠 있는 선착장에 사람이 가득했다. 노
래는 분명코 그곳에서 나는 것이다. 관광객을 태운 배가 다가가자 분
위기는 점점 뜨거워졌다. 야자수 잎을 엮어 만든 지붕 아래 마련된 수
상무대에서 누군가는 기타를 치고, 누군가는 노래를 부르고, 또 누군
가는 춤을 추었다. 관광객을 상대로 즉석공연을 벌이는 것이다. 일곱
살 소년부터 앞니가 몽땅 빠진 노인까지, 마을 사람 모두 참가해서 벌
이는 무대였다.

우리를 태운 배가 수상무대에 닿았다. 몇몇은 그곳으로 넘어가 함께
춤을 췄고, 그들의 열화와 같은 환대를 받았다. 환대의 대가로 여행자
들은 몇 푼의 달러를 그들 손에 쥐어주었다. 공연단 가운데 기타를 치
는 소년과 눈이 마주쳤다. 기타를 다루는 솜씨가 제법이다.

"기타 잘 치는데?"

"아직 멀었어요. 난 가수가 될 거예요."

"가수? 어떤 가수?"

"프레디 아길라. 아세요? 우리나라에선 아주 유명한데."

"프레디 아길라? 아, 프레디 아길라!"

아낙Anak

프레디 아길라Freddie Aguilar. 어찌 그를 모를까. 치렁치렁한 긴 머리에 통기타를 들고 나타난 낯선 가수. 그의 노래는 전혀 알아들을 수 없었다. 그럴 수밖에 없는 것이 그가 어금니를 딱딱 부딪쳐가면서 내는 독특한 발음이 영어와 함께 통용되는 필리핀 타갈로그어였기 때문이다. 다만, 통기타 반주를 따라 오르내리던 리듬에서 어딘지 모르는 우수가 깃들어 있다는 것을 어린 나이에도 읽을 수 있었다. 프레디 아길라는 이 노래 하나로 단숨에 아시아의 스타로 자리했고, 무려 28개국에서 이 노래가 번안되어 불려졌다. 우리나라에서는 맹인 가수 이용복이 '아들아'로 번안해 불렀다. '아낙Anak'은 타갈로그어로 아들을 뜻한다.

'아낙Anak'은 천사에서 타락천사로 변해가는 아들에 대한 부모의 변함없는 사랑을 노래한다. 하늘이 내려준 천사 같은 아이. 그 아이를 지극 정성으로 기르는 것은 동서고금이 다르지 않다. 하지만 그 아이는 소년이 되고, 청년이 되면서 부모의 품을 벗어나려 한다. 스스로 어른인 체 하는 청년이 선택한 길은 불안하다. 청년은 결코 부모의 말을 듣지 않는다. 부모는 청년이 거칠고 험한 길을 걸어가리라는 것을, 결국 후회의 눈물을 흘릴 것을 알면서도 잡지 못한다.

아낙은 어린 나에게도 큰 울림을 주었다. 나를 지켜주는 부모의 존재, 그 따스한 품을 알게 했다. 나 역시 노랫말 속 아들과 크게 다르지 않았다. 노랫말 속 아이가 부모의 품을 떠나서 가지 말라는 곳을 향했던 것처럼, 얄팍한 철학 따위에 기댄 사춘기의 나 역시 세상에 대한 분노로 시간을 허비했다. 이유 없는 반항, 이것만큼 그 시절을 잘 말해주는 게 또 있을까. 사춘기의 눈에 비친 세상은 낡은 외투처럼 초라했고, 시궁창 앞에서 죽은 생쥐처럼 역겨웠으며, 길바닥에 버려진 찌그러진 깡통처럼 걷어차고 싶었다. 그땐 그렇게 보였다. 나를 제외한 모든 것이 삐뚤어졌다고 여기던 그 시절. 어쩌면 당신에게도 그런 시절이 있었을 것이다.

그 시절을 지나고 나면 우리는 부모가 되고 어른이 된다. 그리고 뼈저린 후회와 함께 어른이 된 것이, 부모가 된 것이 두렵다. 부모의 마음을 이해하지 못했던 것이 후회스럽고, 나의 말에 귀 기울이지 않을 아이가 두렵다. 이 후회와 두려움은 세대를 이어가며 반복될 것이다. 기원전 4천 년에 만들어진 이집트 피라미드의 벽면에도 쓰여 있다고 하지 않는가? '요즘 것들은 싸가지가 없다'고. 기성세대의 이 푸념처럼, 세대가 세대를 이해하는 일은 어쩌면 영원히 불가능한 것인지도 모른다.

노
골
적
인

낭만 여행

2019년 12월 15일 초판 1쇄 펴냄

지은이 김산환
발행인 김산환
책임편집 윤소영
마케팅 정용범
디자인 기조숙
인쇄 다라니
출력 태산아이
종이 월드페이퍼
펴낸 곳 꿈의지도

주소 경기도 파주시 경의로 1100, 604호
전화 070-7535-9416
팩스 031-947-1530
홈페이지 www.dreammap.co.kr
출판등록 2009년 10월 12일 제82호

ISBN 979-11-89469-66-5-13810